海岱诗丛（第二辑）

诗意中都

山 东 诗 词 学 会
汶上县文化和旅游局　编
汶上县公共文化服务中心

中国书籍出版社
China Book Press

图书在版编目（CIP）数据

诗意中都 / 山东诗词学会，汶上县文化和旅游局，汶上县公共文化服务中心编 . -- 北京：中国书籍出版社，2022.9

（海岱诗丛 . 第二辑；7）

ISBN 978-7-5068-9178-3

Ⅰ．①诗… Ⅱ．①山… ②汶… ③汶… Ⅲ．①诗集－中国－当代 Ⅳ．① I227

中国版本图书馆 CIP 数据核字（2022）第 163555 号

诗意中都

山东诗词学会　汶上县文化和旅游局　汶上县公共文化服务中心　编

策　　划	毕　磊
责任编辑	毕　磊
责任印制	孙马飞　马　芝
封面设计	庄俨俨
出版发行	中国书籍出版社
社　　址	北京市丰台区三路居路 97 号（邮编：100073）
电　　话	（010）52257143（总编室）　（010）52257153（发行部）
电子信箱	eo@chinabp.com.cn
经　　销	全国新华书店
印　　刷	山东麦德森文化传媒有限公司
开　　本	787×1092 毫米　1/16
字　　数	4600 千字
印　　张	226
版　　次	2022 年 9 月第 1 版　2022 年 9 月第 1 次印刷
书　　号	ISBN 978-7-5068-9178-3
定　　价	480.00 元（全 12 册）

版权所有，翻印必究

海岱诗丛（第二辑）
《诗意中都》编纂委员会

主　　编：赵润田
执行主编：布凤华　孙景亮
编　　辑：李宗健　王来宾　谢洪英
　　　　　李传芬　徐　颐

海岱诗丛·总序

经过一番忙碌，海岱诗丛终于面世了。山东诗词学会诸位同仁推我作序，欣欣然而从命。

海岱者，山东之谓也。这套丛书收录的是当下山东诗人及诗词爱好者刚刚创作的诗、词、曲、赋，花开千树，清露未晞，芳香浓郁。丛书出全，约费五年之功，达百册之巨，规模可类《全唐诗》，是新时代山东诗词创作的盛大检阅，亦是齐鲁诗坛俊逸之才的精彩展示。

山东地处黄河下游，历史悠久，文化厚重。在这片英雄的土地上，我们的先人创造了源远流长、光辉灿烂的文化。就诗词而言，从孔夫子删编《诗经》算起，两千多年来，历代诗人词家灿若群星，名篇佳作难以胜数，尤其出了刘桢、王粲、李清照、辛弃疾、张养浩、王禹偁、晁补之、李攀龙、谢榛、王士祯等宗师大家，皎如日月，彪炳诗坛。时至今日，齐鲁大地诗风甚盛。嘉节吉时，常见诗人雅会，乡镇社区，时闻吟诵之声，年无分长幼，皆以习诗为雅、能诗为荣。尤其近年党中央倡导弘扬中华优秀传统文化，诗词事业更得浩荡东风，千帆竞发，百舸争流，蓬蓬勃勃，一派兴盛气象。

山东诗词学会，成立于一九八四年，是在省民政厅注册登记的民间社团组织，隶属于省政协办公厅，以推动诗词繁荣为宗旨。面对先贤昔日辉煌，面对时代强力呼唤，面对文朋诗友殷切期待，二〇一九年四月，全省第四次会员代表大会提出，以习近平新时代中国特色社会主义思想为指导，团结奋斗，扎实工作，推动山东诗词事业持续健康发展，力争早日使山东诗词整体水平，与山东人口大省、文化大省、诗词大省的地位相匹配，与山东在全国经济社会格局中的地位相匹配，为实现省委、省政府提出的"走在前列，全面开创"的总体要求、为建设现代化强省贡献力量。围绕落实既定目标，于是就有了"六个一"活动，包括有了这套海岱诗丛。

所谓"六个一"活动，是省学会与县市区优势互补、互利共赢、联手推动诗词发展的一种合作模式。具体做法是，由县市区负担所需经费、组织人员、提供场地，而省学会在一年内为其提供六项服务。包括在该县市区举办一次高端诗词培训，邀请一批省内外著名诗词专家讲座，与文朋诗友面对面切磋指导；组织著名诗人进行一次采风活动，创作诗词曲赋，赞美该区域悠久历史、著名景点、淳厚风情；组织一次诗词有奖征文比赛，巩固培训成果，让风人骚客同场竞技、展示才华；策划一次集中宣传报道,在省以上报刊网站，全面推介该县区发展成就、经济优势、文旅特色、典型经验；正式出版一册诗集，汇纳该区域优秀诗作，展示诸位诗友胸襟才情，反映独特社会风貌；收集一套涵盖该县区历代诗人诗作资料，从先秦至民国，应收尽收，由省学会汇总编入《山东诗藏》，以资后世学习研究之用。

作为丛书，作者众，诗作多，规模大，则长短兼具，瑕瑜互见。优势在于，覆盖面大，代表性强，品类齐全，美不胜收。其中既有抗洪抗疫之时代强音，犹如黄钟大吕，振聋发聩，也有城乡工农之平凡生活，寓目辄书，情趣横生；既有春花秋月夏云冬雪传统美境，也有高铁航天手机网络现代意象。春兰秋菊，各擅胜场，慢慢品酌，各有妙处。正如一滴水可以折射太阳的光辉，当连续吟诵、沉湎欣赏，慨叹时代生活的丰富繁华，感受诗人词家的情感激荡之外，可以体悟各种抒发背后的骄傲与自信、悠闲与满足、宽容与厚重、开放与张扬，这些都是经历过大起大落、处在奋发向上环境中所特有的。它充满生机活力，属于我们这个特定时代。

　　丛书之长，恰恰亦为其短。诗坛耆老味道醇美之作，只是一类，书中还确有些初窥门径，几近处女之作，犹之孩童蹒跚学步，其作品稚嫩一目了然，此类作品在书中占有一定比重。省学会已注意到这个问题。非不为也，实不能也。要提高其质量，并非一日之功，而省学会精锐饱学之士也为数非多，难以具体指导，况且时间也不允许。面对这种境况，只要政治立场、情感基调无大偏差，格律说得过去，我们就放行录入。这就使得该书诗作参差不齐，确有个别作品可能难入法眼，只能请方家以允许百花齐放之博大胸襟，予以包容。然而依我浅见，对初学之人、年轻后辈，也未可小觑。一番勤学善思，"干之以风力，润之以丹彩"，有佼佼者成长为辛、李大家，也未可知。毕竟世间无奇不有，万事皆有可能！

　　相对既定目标，当前所为，不过刚刚开端，展望今后，任重而道远。但既然走出第一步，有了决心、行动、典型和经验，达成既定目标便没有任何游移和悬念。可以设想，五年又或六年，当所有计划项目都事功圆满之后，山东大地，会有更多的人喜欢诗词、吟诵诗词，创作诗词，诗词大军更加宏大而严整；海岱诗坛，会有更多精品力作，如泉喷涌，万紫千红，新干老枝愈益果实累累。那时，回望今日，我们会为自己做了正确而大有价值之事，而感到骄傲和自豪。

　　是为序。

赵润田

二〇二二年八月

德政化中都　诗礼传千秋

——题序诗集《诗意中都》

古之中都，今之汶上，历史悠久，文化厚重，自古就是诗的邦邑、礼仪的故乡。儒家文化、运河文化、佛教文化、始祖文化在此交相辉映、和合共生。

夏商之际为厥国，春秋时期为中都，《诗经·国风·齐风·载驱》中"鲁道有荡，齐子岂弟。汶水汤汤，行人彭彭……"就赞美了这鲁国境内、汶水之滨的美丽景色。

公元前501年，孔子初仕中都宰，制礼仪、行教化、施仁政，一年大治，路不拾遗、夜不闭户、器不雕伪、市无二价，把中都打造成了四方诸侯学习的样板，诗礼之风也更加兴盛，中都汶上也成了后世文人墨客、诗词达人心向往之的地方，纷纷来此瞻仰圣迹、凭吊怀古。即使不能亲往，也对这里充满无限的憧憬与遐想，他们把各自的所思所想写入诗文，盛行当世，流传至今。如唐代大诗人李白多次来中都，留诗多首，"我兄诗酒继陶君，试宰中都天下闻"广为流传，诗人杜甫、高适也曾来汶上游瞻，并留诗纪念。南宋名相文天祥于家国破碎、山河危难之际，率兵抗元，途径汶上，留诗曰："渺渺中原道，劳生叹百非，风雨轻打人，泥泞飞上衣；目力去上短，心事与时违，夫子昔相鲁，侵疆自齐归"。明永乐年间，工部尚书宋礼奉旨疏浚会通河，采纳汶上民间水利专家白

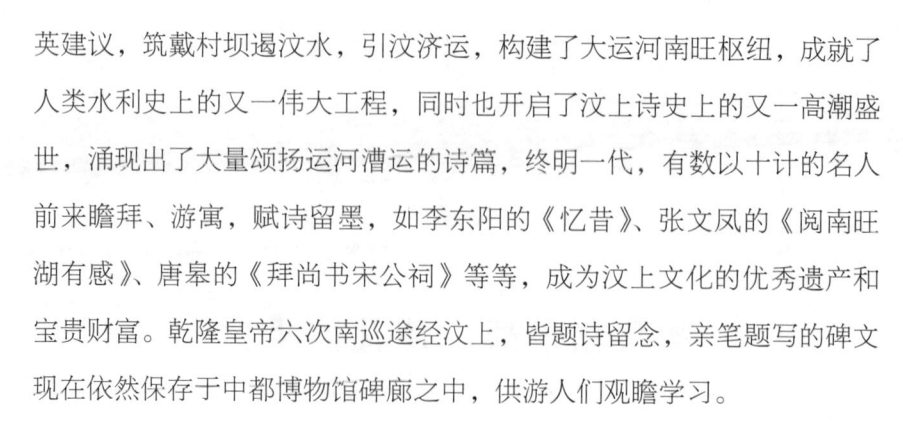

英建议，筑戴村坝遏汶水，引汶济运，构建了大运河南旺枢纽，成就了人类水利史上的又一伟大工程，同时也开启了汶上诗史上的又一高潮盛世，涌现出了大量颂扬运河漕运的诗篇，终明一代，有数以十计的名人前来瞻拜、游寓，赋诗留墨，如李东阳的《忆昔》、张文凤的《阅南旺湖有感》、唐皋的《拜尚书宋公祠》等等，成为汶上文化的优秀遗产和宝贵财富。乾隆皇帝六次南巡途经汶上，皆题诗留念，亲笔题写的碑文现在依然保存于中都博物馆碑廊之中，供游人们观瞻学习。

新中国成立后，汶上人民艰苦奋斗、干事创业，经济、社会和文化事业发生巨大变化，综合实力和文化旅游影响力显著增强，相继荣获全国绿化模范县、中国书法之乡、中国楹联之乡等国家级荣誉25项，汶上名片更加靓丽，知名度大幅提升。特别是党的十八大之后，世界面临百年未有之变局，广大文艺工作者向时而动，不断推陈出新，一本本诗集佳作新鲜出炉。

这本由县文化和旅游局收集整理、由全县各行各业人民群众自发创作的诗集——《诗意中都》，就是以讴歌党的正确领导、见证汶上日新月异的巨大变化、描绘百姓心中的幸福喜悦为主要内容的诗作集锦。

《诗意中都》的出版，是汶上文化史上的一件大事，对于弘扬优秀传统文化，增强文化自信，提升汶上文化影响力，推动全县文化事业的繁荣发展具有重要作用。在该书付梓之际，欣然命笔，为之作序，并希望全县的广大文化工作者及县内外热心人士，继续关注汶上，研究汶上，宣传汶上，热爱汶上，以习近平新时代中国特色社会主义思想为指导，为汶上文化事业的繁荣发展作出应有贡献。

是为序。

中共汶上县委常委　宣传部长　政府副县长
2022年3月

目　录

◎ 海岱诗丛·总序

◎ 德政化中都　诗礼传千秋

第一辑　采风诗词作品

蒿　峰 ·· 01
　　汶上分水龙王庙题 ································· 01
　　经南旺 ··· 01
　　汶上蚩尤冢 ·· 01
　　汶上宝相寺出土佛牙 ······························ 01

林　峰 ·· 02
　　初到汶上 ··· 02
　　汶上宝相寺 ·· 02

向小文 ·· 02
　　汶上大运河南旺枢纽（两首） ·················· 02

布凤华 ·· 02
　　观民间作坊 ·· 02
　　题踢毽子照 ·· 03

运河汶上南旺枢纽接官楼遗址 …………………………………… 03
林建华 …………………………………………………………………… 03
　　探访汶上古郎村 ……………………………………………………… 03
　　从泗水赴汶上 ………………………………………………………… 03
　　孔子任中都宰有记 …………………………………………………… 03
　　白石昙山巨变 ………………………………………………………… 04
　　山东梆子溯源 ………………………………………………………… 04
　　过次邱镇绿粮两高示范方 …………………………………………… 04
　　宝相寺佛牙舍利子（新韵） ………………………………………… 04
　　南旺运河分水枢纽遗址 ……………………………………………… 04
马明德 …………………………………………………………………… 05
　　访汶上古城村 ………………………………………………………… 05
　　印象汶上 ……………………………………………………………… 05
　　参观汶上次邱镇粮食示范方 ………………………………………… 05
　　咏汶上昙山（新韵） ………………………………………………… 05
　　临江仙·访大运河汶上南旺枢纽遗址 ……………………………… 05
　　临江仙·汶上莲花湖湿地纪游 ……………………………………… 06
蒙建华 …………………………………………………………………… 06
　　访古郎村 ……………………………………………………………… 06
　　白英点泉（新韵） …………………………………………………… 06
　　汶上晨游 ……………………………………………………………… 06
　　又见大汶河 …………………………………………………………… 07
　　汶上莲花湖 …………………………………………………………… 07
　　雅议小县四尚书 ……………………………………………………… 07
　　汶上县第一个党支部纪念馆 ………………………………………… 07
　　郎国古都 ……………………………………………………………… 07

昙山传说 …………………………………… 07
暮赏油菜花 ………………………………… 08
咏汶上 ……………………………………… 08
吟太子灵踪塔 ……………………………… 08
赏汶上古郏油菜花 ………………………… 08

张延龙 …………………………………………… 09
汶上次邱怀圣 ……………………………… 09
访汶上古郏村 ……………………………… 09
过汶泗怀李杜 ……………………………… 10

张维刚 …………………………………………… 10
汶上新风光电子公司赞吟 ………………… 10
汶上麦田 …………………………………… 11
南旺枢纽 …………………………………… 11
蚂蚱庙 ……………………………………… 11
宝相寺 ……………………………………… 11
古郏郭楼村 ………………………………… 11
运河分水遗址 ……………………………… 11
参观汶上第一党支部纪念馆 ……………… 12
清平乐·汶上 ……………………………… 12

李宗健 …………………………………………… 12
汶上乡村忆旧（两首） …………………… 12
过汶上（四首） …………………………… 12
临江仙·义桥感怀 ………………………… 13
临江仙·汶上寄咏 ………………………… 13
临江仙·汶上道中 ………………………… 14
临江仙·立夏过南旺枢纽 ………………… 14

王来宾 ·· 14
　　汶上芦花鸡（新韵）······························ 14
　　蚂蚱庙（二首）（新韵）························ 14
　　参观汶上大豆、小麦示范田 ···················· 15
　　生查子·赞汶上新风光电子科技股份有限公司 ··· 15
　　浪淘沙·汶上垄上行 ······························ 15
刘业玲 ·· 15
　　宝相寺怀古 ··· 15
　　古村新貌 ·· 15
　　汶上寄咏 ·· 16
　　南旺运河分水枢纽遗址怀古 ···················· 16
　　登昙山留记 ··· 16
　　参观次邱镇粮食绿色高产示范田 ············· 16
赵　志 ·· 16
　　汶上太子灵踪塔 ···································· 16
　　过蚩尤冢有感 ······································· 16
　　莲花湖湿地景区 ···································· 17
　　运河汶上南旺枢纽（新韵）···················· 17
王传菊 ·· 17
　　宝相寺 ··· 17
　　文　庙 ··· 17
　　运河汶上南旺枢纽 ································· 17
　　浣溪沙·莲花湖湿地景区 ························ 18
朱振东 ·· 18
　　汶上春风（新韵）································· 18

第二辑　征稿诗词作品

张恒山 ··· 19
　　游汶上南湖 ·· 19
于明华 ··· 19
　　咏和谐汶上 ·· 19
杨建喜 ··· 20
　　过汶上 ··· 20
程　亮 ··· 20
　　汶上行 ··· 20
王印水 ··· 20
　　莲花湖风情 ·· 20
杨庆鹤 ··· 21
　　中都诗社成立两周年贺诗 ···································· 21
李进军 ··· 21
　　立夏之莲花湖（新韵） ······································· 21
刘胜利 ··· 21
　　聆听省诗词学会专家团来汶授课感怀 ·················· 21
张德新 ··· 21
　　赞汶上 ··· 21
罗　伟 ··· 22
　　咏运河汶上 ·· 22
牛俊人 ··· 22
　　运河汶上 ·· 22

翟克江 ·· 22
　　文润中都 ·· 22
杨金库 ·· 23
　　鹧鸪天·有感汶上县文旅局为贫困户送春联 ·············· 23
张效宇 ·· 23
　　鹧鸪天·汶上新声 ·· 23
张　浩 ·· 23
　　鹊桥仙·游中都 ··· 23
于志亮 ·· 24
　　行香子·汶上走笔 ·· 24
刘喜成 ·· 24
　　满江红·伯衡广场 ·· 24
贾来天 ·· 24
　　水调歌头·汶上集约石榴园咏 ······································ 24
徐绍仪 ·· 25
　　沁园春·咏汶上 ··· 25
钱　硕 ·· 25
　　水调歌头·赞汶上 ·· 25
承　洁 ·· 25
　　满江红·瞻仰陈伯衡纪念馆抒怀 ································· 25
许名同 ·· 26
　　莺啼序·建党百年感怀 ··· 26
赵洪顺 ·· 26
　　观南旺分水龙王庙遗址有感（新韵） ······················· 26
　　寄思文庙话情怀（新韵） ··· 26
　　游昙山风景区所感（新韵） ··· 27

| 致南周村伯衡广场（新韵） | 27 |
| 汶上赋 | 27 |

田　鑫 … 30
| 汶上赋 | 30 |

彭志密 … 31
| 百年风华正茂——汶上党建抒赋 | 31 |

房体建 … 33
暑夏（古风）	33
建党百年咏（新韵）	33
心静好消暑	33

刘昌东 … 33
| 贺建党百年华诞 | 33 |

徐　颐 … 34
| 书里好消夏 | 34 |

刘　昕 … 34
| 追　忆 | 34 |

黄希庆 … 34
踏雪访梅	34
欲壑难填	34
清秋话流年	35
暮雨寄怀	35
清晨闲步偶得	35
莲花湖采风	35
浣溪沙·良辰酿好诗	35
踏莎行·祝福我党百岁华诞	35
临江仙·台风袭来	36

临江仙·云开日霁 ……………………………………… 36
　　劝学赋 ……………………………………………………… 36
　　悠游郕国城赋 …………………………………………… 37
　　大美汶上赋 ……………………………………………… 38

翟登勋 …………………………………………………………… 40
　　机械麦收有感（古风） ………………………………… 40
　　牡　丹 …………………………………………………… 40
　　暮　春 …………………………………………………… 40
　　忆童年 …………………………………………………… 40
　　盛　春 …………………………………………………… 41
　　春　气 …………………………………………………… 41
　　登昙山 …………………………………………………… 41
　　清明怀母恩 ……………………………………………… 41
　　中都诗友铸辉煌 ………………………………………… 42

刘玉华 …………………………………………………………… 42
　　芒　种 …………………………………………………… 42
　　端午寄 …………………………………………………… 42
　　心　祭 …………………………………………………… 42
　　昙　花 …………………………………………………… 43
　　潇洒人生 ………………………………………………… 43
　　陪儿子高考感想 ………………………………………… 43
　　省诗词学会讲师团莅临汶上贺诗（两首）…………… 43
　　百年沧桑 ………………………………………………… 43
　　庆祝建党一百周年华诞 ………………………………… 44

杨庆鹤 …………………………………………………………… 44
　　舍得（古风） …………………………………………… 44

品茗听琴（古风）……………………………………… 44

暮春即雨（古风）……………………………………… 44

庆祝建党百年（古风）………………………………… 44

汶上诗词讲座感怀（古风）…………………………… 45

庆祝中国共产党百年华诞（古风）…………………… 45

追梦（古风）…………………………………………… 45

过年（古风）…………………………………………… 45

山行（古风）…………………………………………… 45

泰山雪霁（古风）……………………………………… 46

王天义 …………………………………………………… 46

农家院 …………………………………………………… 46

徒步队（古风）………………………………………… 46

红梅赞 …………………………………………………… 46

红梅赞（古风）………………………………………… 46

岁寒三友（古风）……………………………………… 47

汶上小城夜景（古风）………………………………… 47

文房四宝 ………………………………………………… 47

环卫工人（古风）……………………………………… 47

太子灵踪塔（古风）…………………………………… 47

围歼新冠病毒赋（古风）……………………………… 48

潘学年 …………………………………………………… 49

阵雨（古风）…………………………………………… 49

书斋（古风）…………………………………………… 49

红梅（古风）…………………………………………… 49

消暑（古风）…………………………………………… 49

宝相寺颂（古风）……………………………………… 49

山中独酌（古风）	50
家书（古风）	50
岱宗重阳（古风）	50
聆听省诗词学会专家团来汶授课感怀（古风）	50

郭惠民 …… 50

汶河溢流坝观感	50
南湖夜景	51
运河掠影	51
吊古怀乡（古风）	51
汶上宝相寺（古风）	51
汶河湿地见闻	51
观赏荷花感怀	51
游南旺分水龙王庙感怀（古风）	52
贺神舟十二顺利升空	52
纪念中国共产党百年华诞	52

白如雪 …… 52

古梅（古风）	52
晚　年	53
槐　花	53
春　分	53
蔷薇花	53
游压油沟	53
题中都诗社	53
中都独行（两首）	54

李龙庆 …… 54

沿河公园掠影（古风）	54

雨夜抒怀（古风）	54
采风（古风）	54
亲不待（古风）	55
游戴村坝（古风）	55
冰雹袭来（古风）	55
观赏荷花感怀	55
贺党百年华诞（古风）	55

郭爱红 ... 56

| 悯农四首（古风） | 56 |
| 遥思六首（古风） | 56 |

夏荣华 ... 57

莲花湖	57
雪中新城	57
汶城曲	57
长乐湖	58
秋之恋	58
浮生如梦	58
家　乡	58
建党百年颂	58
雨后散步	59
大美中都	59

徐锡禹 ... 59

保国护海（古风）	59
中都汶上（古风）	59
信仰（古风）	60
登月（古风）	60

贺党百年华诞（古风）·················· 60
一心为民两首（古风）·················· 60
杂　感······························ 60
家乡小聚···························· 61

孟广路································ 61

晨景（古风）························ 61
春雪（古风）························ 61
白玉兰（古风）······················ 61
雨后闲吟（古风）···················· 61
贺省诗讲团来汶上···················· 62
庆祝我党成立百年华诞（古风）········ 62
忆红船（古风）······················ 62
清河公园见闻（古风）················ 62
游腊山公园（古风）·················· 62
赞巾帼绽芳华（古风）················ 63

贾维波································ 63

暮春（古风）························ 63
战洪魔（古风）······················ 63
庆七一（古风）······················ 64
空（古风）·························· 64
夏夜漫游（古风）···················· 65
乐游穷（古风）······················ 65
观黄水有感（古风）·················· 65

李　铭································ 66

初　心······························ 66
心殇（古风）························ 66

立　夏 … 66

新雨后 … 66

春日芳晨 … 66

夏日清晨 … 66

贺神州十二号成功对接 … 67

庆祝我党成立百年华诞 … 67

生查子·高考 … 67

醉花阴·山乡寂夜 … 67

刘胜利 … 67

大汶河（古风） … 67

戴村坝（古风） … 68

南泉河（古风） … 68

小南湖（古风） … 68

新义桥（古风） … 68

济北高铁（古风） … 68

莲花湖景区（古风） … 68

汶上现代篇（古风） … 69

独钓南泉（古风） … 69

南旺分水枢纽工程遗址（古风） … 69

王印水 … 69

石榴花（古风） … 69

仲夏（古风） … 69

睡莲（古风） … 70

红色汶上之陈伯衡（古风） … 70

红色汶上之白育普（古风） … 70

建党百年两首（古风） … 70

仲夏（古风）	71
清明（古风）	71
春潮（古风）	71
冬韵（古风）	71

李德显 ... 72

清明（古风）	72
闹元宵（古风）	72
诗织中都（古风）	72
龙抬头（古风）	72
忆伟人（古风）	73

张恒山 ... 73

青蛙	73
游南湖书所见	73
咏茶	73
青松（古风）	73
白菜吟（古风）	74
咏梅	74
社会一瞥	74
咏烟花爆竹	74
过玻璃栈道	74
致敬嘉兴红船（古风）	74

侯桂华 ... 75

清明	75

徐西平 ... 75

清明（古风）	75

魏朝凯	75
清明即语（古风）	75
王身彬	75
祭先人	75
李艾香	76
清　明	76
韩振华	76
清明之夜（古风）	76
郑茂昕	76
清明（古风）	76
李淑君	76
情思寄清明	76
宋培学	76
清明思（古风）	76
朱亚萍	77
清明节感怀（古风）	77
刘　伟	77
思乡（古风）	77
陈恩兰	77
红石榴（古风）	77
咏蟹爪兰（古风）	77
清明思亲（古风）	77
张　涛	78
清明祭	78
金永波	78
题汶上	78

游汶上（古风） …… 78
　　书汶上 …… 78
　　咏汶上 …… 79
　　汶上放歌 …… 79
　　汶上农村掠影 …… 79
　　咏汶上 …… 79
　　运河岸上我家乡 …… 80

陆家行 …… 80
　　筛月亭（古风） …… 80
　　海纳百川（藏头诗） …… 80
　　英雄赞（古风） …… 80
　　人生（古风） …… 81
　　仲秋赏月（古风） …… 81
　　航海寄怀（古风） …… 81
　　泰顶观日出（古风） …… 81
　　美少女济宁小北湖采莲（古风） …… 82
　　塞外情，2008作于新疆罗布泊甲盐基地（古风） …… 82
　　祭清明，献给天下孝子（古风） …… 83

孙恒昌 …… 83
　　初春游佛都（古风） …… 83
　　游汶上有感（古风） …… 84

房照远 …… 84
　　飞　燕 …… 84
　　十里香 …… 84
　　照花台 …… 84
　　草色入帘青 …… 84

入　画	84
汶上咏情	85

王庆利 … 85
喜　雨	85
重　阳	85
咏　菊	85
听　雨	85
立　夏	85
槐　树	86
柳　笛	86
秋　思	86
留饮山家	86
春雨夜忆故园	86

李作兰 … 86
春来汶上（古风）	86
天净沙·夜游南湖	87
天净沙·文苑夜色	87
长相思	87

白克伟 … 87
庚子夏终得出门有感（八首）	87

蔚中立 … 88
夜晚南湖观感	88
战疫英雄（古风）	89
立秋之日	89
伏暑天（新韵）	89

张艳君 ………………………………………………… 89
　　乡村素描 ……………………………………… 89
　　春耕（新韵）………………………………… 90
　　党　旗 ………………………………………… 90
　　脱贫攻坚 ……………………………………… 90
　　脱贫攻坚 ……………………………………… 90
　　西江月·中国共产党赞 ……………………… 90
王新华 ………………………………………………… 90
　　宜　居 ………………………………………… 90
　　诗海家园 ……………………………………… 91
　　盛夏社区 ……………………………………… 91
袁学敏 ………………………………………………… 91
　　观沧海，乘机有感（古风）………………… 91
　　家在汶水上（古风）………………………… 92
　　建党百年大典（古风）……………………… 93
　　送客行（古风）……………………………… 93
　　血染神州（古风）…………………………… 94
　　临江仙·梵净云舍 …………………………… 94
　　念奴娇·贺省政协九届四次会议胜利召开 … 94
　　水调歌头 ……………………………………… 95
　　调寄贺新郎·红船启航 ……………………… 95
　　调寄满江红·定国安邦 ……………………… 95
田　园 ………………………………………………… 96
　　沁园春·汶上 ………………………………… 96
孙思华 ………………………………………………… 96
　　定风波·航拍莲花湖 ………………………… 96

南乡子·寻芳宝相寺 …………………………………… 96
王　旭 ………………………………………………………… 97
　　沁园春·庆祝中国共产党百年华诞 ………………………… 97
胡焕亮 ………………………………………………………… 97
　　鹧鸪天·念党恩 ……………………………………………… 97
苗永莉 ………………………………………………………… 97
　　满江红·"七一"抒怀 ……………………………………… 97
王纪强 ………………………………………………………… 97
　　浣溪沙·汶上乡村忆事 ……………………………………… 97
　　鹧鸪天·汶上乡村手擀面 …………………………………… 98
　　鹧鸪天·汶上风情吟 ………………………………………… 98
　　鹧鸪天·杏花烟雨颂汶上 …………………………………… 98
　　鹧鸪天·汶上水 ……………………………………………… 98
　　鹧鸪天·汶上农家粥 ………………………………………… 98
　　鹧鸪天·忆往昔 ……………………………………………… 99
　　鹧鸪天·感怀 ………………………………………………… 99
　　鹧鸪天·记忆 ………………………………………………… 99
　　鹧鸪天·苦菜花 ……………………………………………… 99
房广和 ………………………………………………………… 99
　　如梦令·一梦春深正好 ……………………………………… 99
　　天净沙·乐在汶上农家 ……………………………………… 100
　　沁园春·贺十九大召开 ……………………………………… 100
　　沁园春·贺党百年华诞 ……………………………………… 100
　　沁园春·南海阅兵 …………………………………………… 100
李吉芳 ………………………………………………………… 101
　　汶上赋 ………………………………………………………… 101

中都乡路游记 ·· 104
陈克群 ·· 106
　　清明祭祖（古风） ···································· 106
　　中都赋 ··· 106

第三辑　现代诗作品

宋春燕 ·· 108
　　行走在古运河上 ······································· 108
赵洪顺 ·· 109
　　游中都文苑广场所歌 ································· 109
　　致太子灵踪塔 ··· 112

第一辑　采风诗词作品

◆ 蒿　峰

汶上分水龙王庙题

东来汶水劲，南北入河行。

济运分流惠，功高赞白英。

经南旺

南旺蜀山马踏湖，沟塘虾蟹隐荒芦。

当年水柜济河运，今日富饶鱼米区。

汶上蚩尤冢

兖徐海岱树兜鍪，大败阪泉亡此头。

七丈青坟生紫气，阚城之野葬蚩尤。

汶上宝相寺出土佛牙

梵宫地下玉函藏，宝相浮屠对暮阳。

舍利佛牙惊出世，祥云十日沐霓光。

◆ 林　峰

初到汶上

春来汶水满斜晖，风过长堤送燕飞。
看尽尘波三月里，轻红一点绿初肥。

汶上宝相寺

金塔庄严认宋唐，灵踪隐现见禅光。
飞红尘外三春雨，我佛心头一炷香。
偶上琉璃真世界，翻成锦绣好文章。
寻来已觉山容晚，幸有菩提证渺茫。

◆ 向小文

汶上大运河南旺枢纽（两首）

一

携来汶水作耕耘，天子江南三七分。
引蓄导排留异迹，白英从此九州闻。

二

碧波逝去梦难休，芳草萋萋一望收。
惟见兽神偎岸上，无言默默数春秋。

◆ 布凤华

观民间作坊

辨析毫厘苦认真，一襟酸汗一襟尘。
小坊华宴同昏暮，醉倒楼台几细民。

题踢毽子照

新诗欲赋愧无词，闲步街头慰苦思。
毽子翻飞斜日里，兴来也效小儿姿。

运河汶上南旺枢纽接官楼遗址

春风二月到田家，麦野油油入望赊。
不信当年歌舞地，芜廊残迹证繁华。

◆ 林建华

探访汶上古郕村

千年郕国村，来客探斑痕。
欲找古风貌，连收现代喧。
踱方行大镇，耕作在花园。
意乐情难尽，盘桓悦旅魂。

从泗水赴汶上

我伴东风东鲁行，驾乘古韵重勤耕。
夕奔汶上佛儒地，捕捉诗歌沸耳声。

孔子任中都宰有记

汶波之上载仙乡，至圣中都宰迹扬。
古邑庙堂皆有证，绵延儒肆伴沧桑。

白石昙山巨变

东风吹绿僻凉山，巨变荒昙瞬息间。
一岭辉煌倾汶上，扬鞭跨跃易容颜。

山东梆子溯源

菊坛海右戏梆声，古邑渊源出调惊。
发自中都输绝唱，东梨传布九州鸣。

过次邱镇绿粮两高示范方

格方绿黛翠绒毡，激起心潮热浪旋。
强国丰民谋略远，神州何惧异灾煎。

宝相寺佛牙舍利子（新韵）

袅袅云堂香火升，梵音悦耳唱吟鸣。
千年舍利神奇物，百粒佛牙妙彩形。
者二无多藏泰宇，其一有此落汶宫。
毫光胜地延声远，瞻礼而今汇大成。

南旺运河分水枢纽遗址

眺望青苗一派平，谁知史上工程宏。
三分天子将朝贡，七出江南送下行。
尚有闸关巍廓影，曾经波浪骇惊声。
当年卓绩飘烟去，遗迹朦朦见耀荣。

◆ 马明德

访汶上古城村

郕国悠悠事，流年已海桑。
瓦当无语在，残碣记文长。
荣子言三乐，先师醉一觞。
桃花今玉靥，油菜早金黄。

印象汶上

合一源三天地人，运河枢纽惠丞民。
千年名刹佛光照，初仕先师遗履珍。

参观汶上次邱镇粮食示范方

翠毯千寻柳画方，薰风吹起浪涛黄。
或因先圣曾为宰，福地堪称常满仓。

咏汶上昙山（新韵）

名气有无焉在高，二郎弹指剩山腰。
紫云萦绕好风脉，试问谁能白眼瞧。

临江仙·访大运河汶上南旺枢纽遗址

残碣青砖光石板，株株静穆苍松。卧狮见证夏和冬。飞檐闻暮鼓，翘角纳晨钟。　昔日繁荣虽已过，今时仍识殊功。燕然勒石万民崇。赫然蝗捕庙，伟也水分龙。

临江仙·汶上莲花湖湿地纪游

港汊纵横舟暂泊，翻新各式鼋梁。野凫出没苇蒲黄。新莺鸣嫩柳，紫燕舞丛篁。　　漫步中都风俗馆，登时引得思乡。物图展示久徜徉。征俦崇太白，醉意咏诗墙。

◆ 蒙建华

访古郎村

相邀访古郎，兴致倏然生。
翠柳撩乡梦，清泉惹客情。
金黄云海接，燕舞稻粱盈。
恍若临仙境，流连忘返程。

白英点泉（新韵）

永乐大明年，京杭疏浚源。
君权施宋礼，私访莅民间。
汶上逢才俊，白英巧点泉。
拦流戴村坝，引水运河湾。
七分向天子，三分江以南。
龙王庙犹在，伟绩古今传。

汶上晨游

故里晨游醉晓风，迷津南北与西东。
谋寻古塔为参照，岂奈遮藏广厦中。

又见大汶河

迎眸汶水意低徊，吻泰亲蒙缱绻来。
明代倾情疏古运，今时施爱润桑槐。

汶上莲花湖

儿时郭北尽荒芜，此际莲花冠碧湖。
巨制浮雕歌李白，中都遍地展诗图。

雅议小县四尚书

诗朋研学入乡闾，雅议同朝四尚书。
莫道繁华寥落尽，唐风宋韵见茅茹。

汶上县第一个党支部纪念馆

地暗天昏夜魇惊，汶河滨畔启黎明。
南湖巨浪腾杨店，首面红旗舞晓程。

郕国古都

古郕绵邈韵清深，昔日村庵画里寻。
满目金黄迷翠柳，荣公三乐袅余音。

昙山传说

太白金星擘指弹，平川突兀起青峦。
山灵水韵呈珠彩，护佑苍生得福安。

暮赏油菜花

眺瞻田野泛金光，扑面浮来万缕香。
最是红黄天际映，游人皆着古唐装。

咏汶上

汶水悬涛得美名，斑斓文化竞煌荣。
孔丘初仕中都宰，李白遗诗远古情。
四大尚书同代出，一身村叟点泉泓。
瞻驰太子灵踪塔，佛彩晖光照后生。

吟太子灵踪塔

千年古塔历沧桑，袅绕香烟百绪扬。
昔日萧疏闻法久，今时骀荡诵经常。
登高俯瞰方薪胆，望远斜街已鬓霜。
暮鼓晨钟催岁月，佛光普照佑家乡。

赏汶上古郏油菜花

古郏腾起万重黄，油菜花开十里香。
片片田园涂翰墨，幢幢村舍耀琳琅。
引来蜂蝶翩跹舞，惹得宾朋缱绻肠。
艳景怡魂游不尽，观光何必走他方。

◆ 张延龙

汶上次邱怀圣

首职中都宰，尚存垂钓台。

次邱临碧水，垂纶诱鲤来。

为政民风重，育人黉学开。

两年时日短，千载誉如雷。

访汶上古郕村

郕国难存大国间，民风淳厚士风贤。

难能穷节如昌伯，多乐人生至者三。

八约郕民传颂久，一经政事必清廉。

似钟高士有佳训，源远之乡文脉绵。

过汶泗怀李杜

李白杜甫会东京，鱼水承欢相伴行。
杜甫志存尧舜上，青莲道骨有仙风。
梁州园里采瑶草，清虚寻道王屋中。
宋地欢欣逢达夫，三人相约游孟渚。
最爱单父水草美，呼鹰携犬逐狐兔。
琴台东望海色冥，阔论高谈气塞胸。
高适分手游楚地，诗仙告别去任城。
子美齐州会北海，饮酒论诗历下亭。
秋至兖州重相聚，苍颜相顾尚飘蓬。
君不见，
达人自古爱名山，舞剑行吟不知年。
饮酒狂歌空度日，飞扬跋扈藐人间。
踏遍青山访隐士，同床共被秋夜寒。
石门分手从兹去，一赴江东一长安。
风雨飘摇长相望，江湖两处鱼雁长。
终生无门报国是，落得诗名千载扬。

◆ 张维刚

汶上新风光电子公司赞吟

风光电子新，创业有心人。
变换频何远，辉煌已遇春。

汶上麦田

春光一泄万千亩，时节麦田正灌浆。
汶上平原谁点赞，农家辛苦建粮仓。

南旺枢纽

壮观枢纽运河间，全是人民智胜天。
分水平衡最高处，沧浪闸下已良田。

蚂蚱庙

漫飞田野粮狂食，惹起农人多少愁。
蚂蚱如知家有庙，年年蛰此梦悠悠。

宝相寺

佛都汶上千年在，太子灵踪舍粒牙。
欲学楷书源自隶，天开圣境一莲花。

古郕郭楼村

小郕故事学君修，知足要随常乐求。
细忖风高荣子话，晋唐隔代有诗讴。

运河分水遗址

楼亭只见古时基，学习来巡大运碑。
恭拜河边关帝庙，尊随风里圣人祠。
曾听故事龙腾色，又见新春凤舞枝。
要向功臣言敬意，年年治水发人思。

参观汶上第一党支部纪念馆

旧址房中正气然，栋梁志士敢擎天。
献身报国情怀阔，宣誓为民奋斗先。
第一领衔担使命，万千支部向红船。
初心不忘复兴梦，再上征程续巨篇。

清平乐·汶上

中都名古。孔子垂纶处。岁月峥嵘多少路。风雨春秋同驻。　舍利佛祖流霞。宝相寺里独家。一览灵踪身影，教谁不爱莲花？

◆ 李宗健

汶上乡村忆旧（两首）

一

十里犹传叱犊声，犁开岁月又春耕。
炊烟伴着朝霞起，野草闲花陇上生。

二

几程草色黄还绿，何处山花白亦红。
烟柳垂青依水岸，春天渐近画图中。

过汶上（四首）

一

扫地西风欺落花，春归一步上枝丫。
眼前际遇埋生气，身后参差感岁华。
拾翠俏中霜浸脸，抹青山外露凝霞。
我今伫立因何待，节物催人呆若瓜。

二

晨浮晓月树头鸦，暮色疏星见晚霞。
意冷多因诗绪减，身寒更向俗心斜。
樽前一醉非无果，笔下千篇即有涯。
道义原知应自勉，落梅深处是谁家。

三

未遣花枝半月程，孤吟删减共随行。
沉沦更待青山涨，蹭蹬俱嗟白发生。
胸次殷勤盈亦仄，笔端冷漠意趋平。
几回醉后归何处，犹有乡音唤乳名。

四

万畦新绿绕山村，润色还需带雨痕。
忍顾升沉烟已聚，独怀契阔意仍存。
几番晚月如朝霁，一瞬朝云似晚暾。
泼墨氤氲犹可染，盈虚尽在小乾坤。

临江仙·义桥感怀

见说行云无定处，随风冷暖消凝。碧波淡淡柳青青。鸟儿三五个，闲唤两三声。　　季节须臾如一梦，消磨晨夕阴晴。几番曲尽不知名。泠泠如有意，杳杳却无情。

临江仙·汶上寄咏

一夜东风红与紫，飘然续写曾经。纷纷因果已分明。落花千万叠，飞鸟两三声。　　若待寻来来又去，枝头春便无情。敞开怀抱抱浮生。春容皆淡淡，春水却盈盈。

临江仙·汶上道中

一季花开终谢去，须臾冷暖炎凉。红尘熙攘草青黄。路边啼燕雀，岭上看牛羊。　　漫道人生空自诩，那些无限春光。从来乱事费思量。歌行如汉晋，诗作似隋唐。

临江仙·立夏过南旺枢纽

渐暖农庄春渐远，南风退却云霞。村边鼓噪是池蛙。再锄三垄地，可种半园瓜。　　燕雀枝头花谢后，绿杨荫下人家。闲梳白发落天涯。眼中无宠辱，肚里有清茶。

◆ 王来宾

汶上芦花鸡（新韵）

炖煮清蒸爆炒匀，皮薄油少不油唇。

仅凭俊俏可惊客，味道推出更诱人。

蚂蚱庙（二首）（新韵）

一

遮天蔽日舞翩跹，扫荡田禾万物残。

百姓荒年霜上苦，神灵庇佑赐平安。

二

飞蝗肆虐似狼凶，所见禾苗所有空。

日月更新出盛世，笑谈凄泣小昆虫。

参观汶上大豆、小麦示范田

乘借春风科技强,麦苗泛绿漫无疆。
三餐白面肥肠肚,不忘农民地里忙。

生查子·赞汶上新风光电子科技股份有限公司

万物竞风华,肩比千花抖。攀登险峻峰,各显道枝秀。　　秀也须争春,早把精神就。论剑华山峰,汶上武功厚。

浪淘沙·汶上垄上行

遍野春华,流水朝霞。鸟啼青柳任喧哗。陌上泛升新紫气,田里新芽。　　沃土无崖,闪亮犁铧。自由此处种桑麻。旌动鼓槌催脚步,激奋农家。

◆ 刘业玲

宝相寺怀古

沧桑弹指过,一塔百年身。
宝寺开禅地,中都拜圣人。
西方迎赤子,东土度红尘。
有竹分三径,还来悟梵真。

古村新貌

青波迷客眼,一绿盖无垠。
岛上怀今古,花间辨净尘。
廊中寻旧迹,故里叹高人。
是处儒家气,虔诚悟道真。

汶上寄咏

水北山南千古郡，中都四晋尚书郎。
记年五百兴漕运，遗址流名日月长。

南旺运河分水枢纽遗址怀古

一河追溯至秦前，漕运通兴五百年。
遗址中都西绕水，新流再汇到天边。

登昙山留记

青山不老隐泉林，静向农樵辨古今。
未必峰高因故事，碧霞留迹惹猜寻。

参观次坵镇粮食绿色高产示范田

循环经济造良田，科技耕耘重教研。
亩过千斤承福祉，青苗一望到天边。

◆ 赵 志

汶上太子灵踪塔

儒风浩荡起浮图，金塔凌空与众殊。
绽放莲花通智慧，寻来佛祖到中都。

过蚩尤冢有感

临风感慨叹兴亡，上古文明赤帜扬。
曾以战神称始祖，空余野草共斜阳。

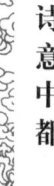

莲花湖湿地景区

画阁闻莺移步迟，泛舟听雨正当时。
灵湖送我三千韵，莫负莲花莫负诗。

运河汶上南旺枢纽（新韵）

清风拂绿抹晴岚，旧地重游焕貌颜。
二水分流排旱涝，三湖襟带壮河山。
登高犹幻白英影，怀古遥闻樯橹喧。
有梦邀来舟一叶，可摇细浪到江南。

◆ 王传菊

宝相寺

香烟袅袅见炉氲，古刹祥音十里闻。
今日有缘瞻宝相，静参禅理拜真身。

文　庙

文公庙外夕阳斜，杨柳青青景色佳。
独占仲尼初仕地，先濡圣泽伴云霞。

运河汶上南旺枢纽

汶水分流锦绣开，和风丽日上高台。
遥看舟自云间出，探得春从南旺来。

浣溪沙·莲花湖湿地景区

湖上春山碧四围,清波潋滟燕双飞。风摇霞彩醉余辉。　　翠叶田田凝画意,繁花灼灼笑莺啼。碧荷深处不知归。

◆ 朱振东

汶上春风(新韵)

汶上春风多梵謦,润沏心涧觅诗乡。

徘徊陌上凭栏处,回首一枝涩海棠。

第二辑　征稿诗词作品

◆ 张恒山

游汶上南湖

月暗万家灯，闲人信步行。

清风排簇浪，散作满湖明。

注：在"文润中都诗词创作征稿"中获三等奖。

◆ 于明华

咏和谐汶上

儒释相融洽，余风最朴淳。

仰君忠恕见，悟道善行循。

古往多贤杰，今来更至臻。

齐同弘毅远，汶上又开新。

注：在"文润中都诗词创作征稿"中获三等奖。

◆ 杨建喜

过汶上

投钓京杭浪，端身夫子堂。

粼粼沉九派，朗朗溢仁章。

地蘸青莲墨，襟怀山水长。

征旗迎旭日，庚续写宏光。

注：在"文润中都诗词创作征稿"中获三等奖。

◆ 程　亮

汶上行

汶上清流去，莲花照碧空。

题诗千载诵，分水两河通。

宝相香犹盛，中都政不穷。

弦歌知礼义，此地有儒风。

注：在"文润中都诗词创作征稿"中获二等奖。

◆ 王印水

莲花湖风情

千顷凌波一望收，双双白鹭醉清流。

如钩垂柳堪垂钓，嗫柳鱼儿乐上钩。

注：在"文润中都诗词创作征稿"中获三等奖。

◆ 杨庆鹤

中都诗社成立两周年贺诗

试问何方能醉客，中都文苑赏华章。

学诗结社逢双岁，读过深红读浅黄。

注：在"文润中都诗词创作征稿"中获三等奖。

◆ 李进军

立夏之莲花湖（新韵）

风叠芳草上云霄，日滤澄光叶更娆。

潋滟莲湖音景盛，不觉流水把春抛。

注：在"文润中都诗词创作征稿"中获二等奖。

◆ 刘胜利

聆听省诗词学会专家团来汶授课感怀

春到古城花盛开，专家培训应时来。

悠悠小县多名胜，正等诗人奋笔裁。

注：在"文润中都诗词创作征稿"中获三等奖。

◆ 张德新

赞汶上

即带春风又带情，千年古邑透真诚。

泰山之上雄心起，儒学其中劲骨生。

连接京杭知磊落，凝涵诗酒蕴峥嵘。

渔歌唱出汶河美，融入乡思梦有声。

注：在"文润中都诗词创作征稿"中获一等奖。

◆ 罗　伟

咏运河汶上

波声遥与上京连，三月春深碧浸天。
稔岁千仓资转粟，清时万贾喜流钱。
鸟过微浪明青苇，人坐垂杨钓白鲜。
今日运筹皆得计，傍村水足早耕田。

注：在"文润中都诗词创作征稿"中获二等奖。

◆ 牛俊人

运河汶上

依然此地作梯航，长水连天望渺茫。
船舶千艘通宝货，人家两岸住垂杨。
傍村稻秀青浮野，近市鱼肥白满筐。
盛世真知功并禹，轻鸥得意藕花香。

注：在"文润中都诗词创作征稿"中获二等奖。

◆ 翟克江

文润中都

儒贤圣地誉神州，文润中都彩不休。
牢记初官尊孔子，常怀兵祖拜蚩尤。
巍巍宝塔佛光照，朗朗汶河锦鲤游。
昔日龙王分水处，今朝诗画满眸收。

注：在"文润中都诗词创作征稿"中获三等奖。

◆ 杨金库

鹧鸪天·有感汶上县文旅局为贫困户送春联

又到农家小院中，挥毫濡墨意由衷。新年寄语年年顺，好事临门事事隆。　　勤不负，福无穷。扶贫扶志乐融融。心花已是梅花灿，但愿春来一片红。

注：在"文润中都诗词创作征稿"中获三等奖。

◆ 张效宇

鹧鸪天·汶上新声

登岳遥望见古丘，半城红绿掩清幽。莲池锦网喷曦日，龙斗泉边飞夜鸥。　　观宝寺，咏东楼。农家歌党有鸿猷。清敲梆子言乡事，缕缕金风入阔楼。

注：在"文润中都诗词创作征稿"中获三等奖。

◆ 张　浩

鹊桥仙·游中都

北依岱岳，东迎紫气，孔孟之乡振兴。汶河波涌卷清浪，看今日，千帆同竞。　　中都文润，汶乡礼教，沉醉乡村美景。万家灯火迎新风，辞旧俗，豪情吟咏。

注：在"文润中都诗词创作征稿"中获三等奖。

◆ 于志亮

行香子·汶上走笔

源汇双川，景派三湖。仰儒圣仁宰中都。蚩尤神也，太白仙乎。付山中月，诗中酒，口中书。　九夷韵古，汶南春满，唤大风帆挂征途。锤镰所向，天地同呼。看荆苗秀，群龙驰，绮霞铺。

注：在"文润中都诗词创作征稿"中获三等奖。

◆ 刘喜成

满江红·伯衡广场

文润中都，春可忆、伯衡长啸。踏烽火、钢刀如雪，砍倭多少。双手剜开倭寇胆，寸肠怒出中华调。仰岳词不负是英雄，朝天傲。　金星记，黄莺晓。东海泣，梁山悼。恨似江流去，豪情还绕。赤胆化成汶上竹，忠魂叠作山间草。看今朝、百姓颂怀之，陈公笑。

注：在"文润中都诗词创作征稿"中获三等奖。

◆ 贾来天

水调歌头·汶上集约石榴园咏

浇灌新品种，花发最豪奢。石榴仙子招手，天地作屏纱。榴叶筛阳如豆，榴蕊娇羞似绣，更远更芳华。氧库隐甜意，枝鸟唤朝霞。　赏园景，听传说，品祥嘉。放言榴海，倩问除此有谁家。园内千年画幅，画内行人如织，文化出奇葩。唯愿多生籽，播吉遍天涯。

注：在"文润中都诗词创作征稿"中获三等奖。

◆ 徐绍仪

沁园春·咏汶上

兵祖蚩尤，鲁国王公，在此冢留。是儒风沐泽，凤仪文雅，佛音缭绕，景象清遒。修坝开渠，引汶济运，一脉精神战未休。群贤至，有文章武略，闪烁春秋。　　辉煌终耀金瓯，起百载鹏程政远谋。看一城文脉，宏添气象，千年龙脊，总领风流。水润江南，春铺锦绣，处处花香绿满畴。回眸处，恰中都盛景，再现神州。

注：在"文润中都诗词创作征稿"中获三等奖。

◆ 钱　硕

水调歌头·赞汶上

蕴藉湖山美，儒学漾春风。人文焕彩，如同泰岳壮心胸。播种和谐种子，创建文明城市，梦想总无穷。太白再来此，纵酒话英雄。　　亲历史，重生态，展从容。白莲荟萃如画，满目是葱茏。渲染山河壮丽，涵养桃源静谧，底蕴在其中。圆梦不停步，气势贯长虹。

注：在"文润中都诗词创作征稿"中获三等奖。

◆ 承　洁

满江红·瞻仰陈伯衡纪念馆抒怀

风卷松涛，如听取、号声烈烈。冰魄仰，舍身驱敌，宁干碧血。何惧披肝迎弹雨，从戎弃笔书清节。何曾负、浩气荡山河，真豪杰。　　排万难，碉堡拔。坚壁垒，尖兵列。信齐心勠力，事皆能达。长励故乡千万子，犹教事业从头越。看鲲鹏，奋翼向高天，云程阔。

注：在"文润中都诗词创作征稿"中获三等奖。

◆ 许名同

莺啼序·建党百年感怀

惊雷耀芒九域，划层层黑雾。秉大义、亮剑南昌，赴汤蹈火何惧。工农唤、旌旗漫卷，烽烟烈烈燎原去。慨长征浴血，万重危隘休阻。　骏骥嘶鸣，黄河怒吼，赖中流砥柱。竟千舸、一扫残云，江山昂昂翘楚。慰英魂、丰碑耸立，振铁臂、金瓯雄固。国纲持，良策昭宣，淳行熔铸。　汶上破茧，遍处生机，正改革潮巨。初心不忘，把梦深耕，盛业开篇，壮怀耘鼓。楼矗云霄，车如飞鲫，车龙瞬息纵横越，铲穷根、有若东风度。乾坤炳朗，繁林洒染清韶，平畴滋润甘露。　古今中外，哪代当权，有为民如许。忆往昔、满怀思绪。大浪淘沙，磐石擎天，迥途明炬。星辰泼彩，松杉椽笔，任凭吾辈绘锦绣，始扬鞭、驰骋政和路。峰高致远苍穹，奋翅宾鸿，傲然环宇。

注：在"文润中都诗词创作征稿"中获三等奖。

◆ 赵洪顺

观南旺分水龙王庙遗址有感（新韵）

神工鬼斧惊中古，一世繁华奈所求。

岂是龙王能治水，皆因才俊巧分流。

寄思文庙话情怀（新韵）

心怀天下行初仕，千古文籍映楚魂。

德耀山川浮日月，思穿过往照乾坤。

笔书礼乐惊龙野，缘聚八方起御云。

今教后学留圣迹，通经致用有遵循。

游昙山风景区所感（新韵）

雄奇壮丽惊飞鸟，峭厉岩石甲黛蓝。
玉轸琅嬛题画道，吉祥鸿运法天然。
七星瑞气出荣氏，三乐文明塑本原。
传统村风增信睦，游人竞相话佳谈。

致南周村伯衡广场（新韵）

铮铮铁骨书国志，切切之心始彩斓。
战场抗争毋自弃，星灯点亮剧燎原。
弃文从武杀倭寇，忘死捐躯佑稼田。
牢记遗托勤勉励，缅怀先烈在心间。

汶上赋

　　汶水之上，星河徜徉。北斗耀芒，厥发其祥。叔武封郕，两邑杳蒙。天祚明德，礼仪巍峨。毓齐鲁之荣光，创儒政之滥觞。运河融贯际会，四大文化荟萃。凭阑抒怀，文郁思才。欣逢盛世，笔致桑梓。

　　眺古纪世，盈仄初冥。人伦渊薮，北辛同源。兵祖蚩尤，华夏一脉。芳留千古，序列炎黄。长眠于兹，冢隐南旺。春秋乱世，文曲苾凡；至圣先师，初宰中都。周制维新，克己复礼。为政以德，表率万邦。节用爱民，四方则之。古贤高士皆称颂，布衣黎民齐风从。荣子启期，超悦不羁，三乐之道，夫子受教。玄月昭空，宝相庄严。峻阁流丹，绣闼雕甍。沐千年日月，金塔凌空，满目光华；耀万道灵光，佛牙圣物，通身智慧。晨钟暮鼓，梵音袅袅。慧海慈航，禅定尘心。善男信女，比肩接踵；白发垂髫，敬乘法雨。南旺枢纽，运河水脊。龙王庙前，白英点泉。襟带三湖，扼运河之咽喉；沟连五水，畅南北之要塞。济苍生成就黄金水道，巧夺天工媲美都江堰。

　　知史鉴心，义彰曩叶。人文俊集，横绝古今。太史涉汶，孔子政绩实地察；文庙思圣，千载儒训前贤览。姬家皇林，九公墓地，松柏苍郁，堪舆风水降瑞祥；杜甫游戎，高适小憩，李白留墨，诗坛巨匠书华章。汶上梆子，非物遗产；红梅大赛，曲艺珠玑。水牛山摩崖石刻，隶楷过渡之杰作；古今第一真书石本，真卿宗其书体神韵。曹元用名列三俊，穆修继韩柳遗风。衡芳峻节，六师之帅。马隆武威，功平西凉。彦章勇毅，铁枪名扬。十年为官，赵文炯两袖清风；同出一朝，小县不大四尚书。王思诚书英，参编辽宋金三史；路衍淳工曲，书功接花志不移。虚白惠政，崇祀乡贤。命新忠烈，致仕归隐。焕奎舍身续县志，良翰喋血新华院。万里高庄挥戎机，学智躬亲斗汉三。丁景宇武姿震倭寇，陈伯衡弃笔伐敌夷。徐相戴骁勇冠三军，张寿椿英魂洒碧宇。噫吁嚱，人文璀璨出星汉，英雄俊杰咤风云；汶虽褊小名声远，高山景行在于斯。

　　寻圣迹而钩沉，看中都起春潮。一城五区拉框架，千年古镇展新颜。漫步城区，步步入画。十步一景，百米一园。华灯溢彩，曲径通幽。古韵轻鸣，石吟塔唱。功能完备，环境优美。水清岸绿，景色秀丽。河湖相抱，沟渠相连。生态水城，比照江南。东部新城区，道阔衢通，车水马龙。高楼大厦，百业兴隆。文苑广场，气势恢弘；格局独具，构建新颖。城市新地标，休闲会客厅。处处洁净似洗，方方绿草如茵。孔圣人雕塑迎客，惠八方喷泉舞蝶。游人如织，川流不息。童稚嬉戏，老翁信步。吹拉弹唱，流连忘返。西部商贸区，三产肇始，物流发轫。业态丰富，商品满目。客货枢纽，顺畅通达。万隆京港落成，华儒众创运营。阿里巴巴落户，拓宽市场销路。中农批国字入驻，辐射周边三百里。南部工业区，厂房林立，企业云集。机器轰鸣，生产兴隆。百亿产业，配套成链。集四方商家，蕴无限商机。中部老城区，修旧如旧，建新复古。古色古朴，宛如旧阜。儒释道文化汇聚涌现，文化发展历史之罕见。北部生态区，湿地涵养，美轮美奂。水波浩淼，繁碧似锦。露凝绿柳，雨湿红杏。草木繁茂，百花竞开。沿河滩开园囿，顺两岸辟林苑。天人合一，诗意栖居。人间之胜境，青山永镌铭。美丽乡村启新篇，新风扑面润心田。户户通，路路净，家家和顺至美；谱新风，崇美德，人人彬彬有礼。公交行驶于长街，古迹弥芬于小巷。钓鱼台夫子留踪，古郕国遗风尚存。讲学处礼乐高昂，行大道矞矞皇皇。

产业强后劲，特色育品牌。转型塑优势，匠心铸基石。煤电一体，联动崛起。新兴产业，同步布局。医药化工，别树一帜。装备制造，享誉四海。纺织服装，代工五洲。土地丰穰，麦田蒙蒙连千畴；沃野千里，蓄积多饶纳万物。粮食生产，全国典范；国家级现场，各地区效仿。芦花烧鸡，皇室贡品。畜牧大县，丰功贡献。白莲藕、大荸荠，琼齿佳肴。鲁西黄牛、小尾寒羊，名播海内。历史积淀，人文厚重。古遗焕彩，文旅融合。儒风释韵，养性修德。全域旅游，魅力醉客。

放眼今日之汶上，历史赐机缘，时代赋重任。环境日新，产业初成。影响日深，发展迅猛。商贾云集，物阜民丰。生态宜居，人和业兴。人民作笔，适手绘就蓝图；描新远景，康庄未来可期。

穷尽所学，难赋汶上之一二；纵有千思，难书汶上之全貌。谨以此赋，借以咏志。继往开来，待我后生。踔厉奋发，踵事增华。创千秋伟业，续汶上辉煌！

注：在"文润中都诗词创作征稿"中获一等奖。

◆ 田 鑫

汶上赋

汶上雄兮，东临古邑兖州，生羽翼且舒臂，气贯九天；汶上美兮，南依微山湖岛，涌宏波当吞浪，势纳百川。汶上畅兮，西接水泊梁山，数风流腾浩气，人文璀璨；汶上秀兮，北枕东岳泰山，挺风骨入云天，气象斑斓。汶水碧清，北方之都江堰，运河文化光鲜。名人荟萃，孔子为中都宰，儒家文化绵延。兴佛学成圣地，融九黎文明，蓄强劲之活力，繁衍至今；起高铁舞蛟龙，汇多条高速，勃腾飞之内力，向往明天。远去之风云，难忘绝唱；现实之风物，昭彰胜观。

慨然而歌兮，移步怡情；陶然以吟兮，乐游有感。低山丘陵，与平原交错，错落纵横，美至极致；残丘低岭，嵌古大野泽，泽及水泊，美至极限；季风气候，孕四季分明，明光亮照，美至无边。极目至高点，昙山顶峰，远眺兮乐陶然；俯瞰最低点，蜀山湖底，近观兮美超然。嗟夫，登水牛山，寻摩崖石刻，咏太白留篇；入宝相寺，沐佛光洗礼，游主题公园。临关帝庙，敬武圣关公，顿庄重肃然，岁月蹉跎永垂怜。瞻蚩尤冢，仰兵祖遗风，任慨叹流连，时空荏苒话渊源。

庆幸哉，回眸春秋，沉钩遐远；躬逢盛世，气象非凡。走进新时代，迈铿锵之步伐；共筑中国梦，挺坚强之膀肩。鲁西黄牛兮，如泰岳伟岸，鼓舞精神气，耕耘更无前。汶上荸荠兮，因明皇赏识，浸润肠胃肝，生活乐无边。沐霞光万里，浴生机千般。一产夯基兮，芦花鸡、优质猪、寒羊圈养，福农桑根本；二产固本兮，煤化工、盐化工、新型材料，壮工业发展；三产拉动兮，活商贸、提质量、惠民生，为生活美颜。放眼观，产业园区，星罗棋布；龙头企业，盖地铺天。乡村振兴，城镇光纤；脱贫致富，戮力攻坚。山川揽其瑰丽，膏土载其荣繁。抬望眼，传统民俗接福禄；侧身看，民生娱乐笑声甜。再赋长歌《风》《雅》《颂》，快乐三百六十天。

伟哉,再忆历代先贤,意气风发超然。西晋一名将,闻名遐迩;明代四尚书,盛誉不凡。江山代有才人出,各领风骚数百年。最是儒家荣子,汉章帝画像太学,唐明皇追封赐号,宋明清三代恩赏,最美名贤。喜今朝,丑年瑞兆,红日光天。龙凤呈祥,虎豹啸天。百鸟争鸣,千兽并肩。百花齐放,万木光鲜。人民发力,事业荣繁。民族自信,梦想早圆。天高悬日月,地厚载河山。美哉兮作盛世华章,引领春天;壮哉兮作汶上大赋,追赶明天。再续"一百年"目标,大绘"十四五"画卷;四个自信鼓劲,一齐立传推澜。

忽明白,直面时代潮,干劲足,初心在,为民勤勉。陶然!坦然!欣然!时不我待矣!多少风流成往事,繁荣续写新诗篇。八百年长否?弹指一挥间,汶上大地大巨变;一万年短矣!就在转瞬间!汶上精神代承传。赞曰:敢竖摘星之梯,直上凌霄宇;尽展排云之手,囊括好河山。气贯长虹,布华晖于古邑;心怀党业,着伟绩福黎元!

注:在"文润中都诗词创作征稿"中获三等奖。

◆ 彭志密

百年风华正茂——汶上党建抒赋

忆往昔,一九二一兮建党伊始栉风沐雨,筚路蓝缕;看今朝,二零二一兮,建党百年秀木成颀,梧桐映晖。科学发展始于心,两学一做践于行。永葆三严三实兮,善天下;传承立党为公兮,德流长。

铁骨写春秋,妙笔着华章。全面小康启龙骧,百年华诞铸辉煌。乘科学发展之春风,举三严三实之风帆;聆和谐社会之号角,划群众路线之船桨,登民生幸福之港湾。执政为民矣,践约践行。胸怀民瘼矣,心系国殇。革故鼎新矣,奋发蹈厉。镞砺括羽矣,文明肇创。永葆先进矣,朗月秋霜。廉洁勤政扬正气,铸就富强护国脊。连心为民谋大计,服务于政保护航。励精图治，鼓荡开放飙帆。鸿猷远瞩，谋发展之方略；大政和谐，绘科学之新篇。威威乎，掌执政为民之准绳，凛凛也，护经济建设之飙轮。喜沐长风浩浩，闲观宏景煌煌！举国倡廉，革千年之弊端；全民反腐，迎万里之清风。民主与法制相辅相成，物质与精神齐抓共进。四项原则，作顺时之大计；三个代表，兴社稷之洪钟。东风大吕，蹈民主政治裳霓；明月黄钟，舞先锋模范精神。浸法之流岚，续相矸书风，以通小康生活，集作和谐社会，复成共产主义。固本培元，从严治党。上启乾坤，造化奇崛；下益民生，祺福绵长。旭日冉升，莳花竞放。九天鹤唳，万里驰翔。全球瞩目，揽三秋皓月；霖滋民野，涌一江浪潮。笃行以人为本，铸就和谐华章。鲲鹏搏击九霄，立志天穹；骐骥驰骋万里，惟思向上。

广大汶上共产党员，身膺社稷任，动为苍生谋。清风廉香，爱国爱党；不忘初心，责任担当。坚定三个自信，实现复兴梦想。严以律己，挺起精神脊梁；知行合一，高擎理想旗仗；勤勉敬业，坚守党的信仰；慎思笃行，明确发展方向；自律自省，站稳政治立场；崇尚实干，锤炼党性修养；矢志不渝，为国添彩争光。殚精竭虑倾热血，砥廉峻隅保护航。为民服务，尽显热心、用心、真心；做人实诚，满溢竭诚、真诚、赤诚。躬身乐为孺子牛，丹心长曜党徽光；埋首甘当伏骥马，浩气盈怀意志刚。励精图治，春风化雨尽菲芳；夙夜在公，润物无声奋进昂。让奉献无处不在，朗月秋霜；将真情普洒人间，幸福酝酿。不懈拼搏，赤胆忠心豪洒青春时光；鼎力如椽，科学发展成就党员勋章！大道无言，赤子情怀芷兰芳；执政有爱，总说人生意未央。慎独慎微，忠廉为国一心汇聚正能量；海晏河清，和谐社会党建丰功实无双。

嗟夫吁！建党一百周年——广大汶上党员，孜孜不倦兮，与科学发展同行，善行福祉人寰；历历明目兮，与两学一做共舞，绽放璀璨华章。曲水流觞通四海，务实求真业开创，壮哉；秣马新征程，圆梦复兴筑康庄，妙哉！

注：在"文润中都诗词创作征稿"中获三等奖。

◆ 房体建

暑夏（古风）

骄阳挟酷暑，路客汗沾裳。

歇脚蝉声起，心平自入凉。

建党百年咏（新韵）

党魂昭日月，鲜血映旗红。

伟业存天地，人民续史诗。

心静好消暑

酷暑又逢炎暑日，乘凉更爱晚凉天。

潜心静气听虫唱，未到深宵抱雨眠。

◆ 刘昌东

贺建党百年华诞

立党为民意志坚，神州盛世忆红船。

兴邦牢记神州梦，济世长怀异域天。

信念顽强方向正，征程已跨万重山。

强军护国江山秀，幸福安康绮梦圆。

◆ 徐　颐

书里好消夏

夏日炎炎无处藏，灼人暑气透衣装。
鲁南盛夏多梅雨，道路行人厌烈阳。
临水而居佳绝处，清风拂过小池塘。
耕书酌句闲心少，入口诗中有荫凉。

◆ 刘　昕

追　忆

儿时那一天，立在小河边。
蔷薇香浥远，牵牛花倒悬。
红荷出碧水，沙渚笼烟岚。
柳岸淋酥雨，临池赏睡莲。

◆ 黄希庆

踏雪访梅

冬梅瑞雪巧争妍，方客如临世外天。
雪傲冬梅梅傲雪，寒烟锁柳柳含烟。

欲壑难填

万古尘寰王道深，云霄以上几凡人。
瑶池不纳功名客，社稷难除利禄心。

清秋话流年

万里清秋一望穿，高朋煮酒点江山。

翩然无际云中鹤，霄汉神游世外仙。

暮雨寄怀

似箭光阴暮雨催，人生如寄怎相违。

中都老酒常邀我，虚度年华梦唤回。

清晨闲步偶得

城郊幽径野花开，阅色蜂蝶簇聚来。

卧蕊采香情各属，诗家会意乐拥怀。

莲花湖采风

古城廓北柳夹堤，骚客联袂来采诗。

欲放娇荷红竞翠，试歌乳燕练新词。

浣溪沙·良辰酿好诗

霞染东方月落西，鹊声替代五更鸡。良辰正是用功时。　　跃纸华章刚蕴好，窥窗青鸟说偏题。几经点缀始成诗。

踏莎行·祝福我党百岁华诞

万里山河，千秋禹甸。国家求富民求暖，人心思稳国思安，历朝历代难如愿。　　再举狼烟，天翻地转。长城内外逐征战，举国上下整八年，神州今古长兴叹。

临江仙·台风袭来

一路飙来孰可挡,须臾搅乱尘寰。漂萍来往卷云天。珍藏随浪去,哀叫透心寒。　　遍野疮痍谁忍睹,纵横一片凄然。军民奋力固河山。洪流缉入海,花月又重圆。

临江仙·云开日霁

晨早推窗观霁日,邀来阵阵清香。伺机锦鲤跃荷塘。柳汀翻紫燕,沙渚戏鸳鸯。　　过雨老松抽玉蕊,惹得闲客思量。霜翁偏逗少年狂。登高舒望眼,天际探朝阳。

劝学赋

九层之台,起于累土。是故求知好比种田,施教犹如治圃。辍乃失败之根,恒是成功之母。授业三心二意,犹如逆水行舟;就学一曝十寒,好比剪匹增缕。须知古老中华,催生四大发明,浩瀚沃土,演绎无穷建树。于是男儿欲遂平生志,六经勤向灯前读。

学无止境,习贯终生。锲而不舍,方有大成。孔子博采,驱驾周游列国;荀卿劝学,预告锦路千程。历历先知,释疑解惑;悠悠史籍,训育启蒙。故不育幼儿,哪来壮士;不哺雏鸟,何起苍鹰。百载树人,期蟾宫折桂;十年磨剑,盼一旦试锋。诚然才以学长,学以才衡。文以拙进,道以韧精。冰寒于水,蓝逊于青。

学贵有恒,志当不易。不逢青眼,枉负春秋;欲见彩虹,须经风雨。须知诸子百家,熟读深谙;三坟五典,潜收广蓄。梁材丈数,缘于分寸之增;才具斗量,始以纤毫之积。使一日疾行辄止,安可推功?藉三年禹步渐趋,必能补益。于是乎!学不可辍,业不可踯。熬得住涅槃之苦,方成为人间大器。

书山有径，学海惟艰。立学以读书为本，立身以笃学为先。于是孟母三迁，邻里善择；纯金七返，天道好还。艺无止矣，学岂休焉？学富五车，来年堪登榜；才高八斗，无日不加鞭。嗟夫！煌煌华夏，浩浩文渊。文明接踵，道法代传。故尔书似战垒，非攻坚难以破阵；勤如劲旅，唯克苦方斩凶顽。勿凄切，莫等闲。花有重开日，人无再少年。

厚积薄发，博观约取。故业不可以殆，学不可以已。树成荫，众鸟栖；山为阵，群雄聚。不积细流，无以成江河；不积跬步，无以至千里。学数有终，探求者谁止于书籍？前程异殊，进取者勿限于旦夕。非学无以致疑，非问难有广识。不学无术，岂容尸位素餐；胸无点墨，终了令人不齿。学当时时精进，业勿懈怠放逸。

龙驰三界，凤耀九天。求知不已，至老弥坚。于是乎！刺股悬梁，宿志多么鲜明；囊萤映雪，诚心何其谨严。功力拔群，苍龙可缚；志向高远，绝顶可攀。坚持不懈，思中华之崛起；矢志不渝，为民族而遐瞻。人能刻苦自立，才有大义承担。

仲尼再思，曾子三省。惟其精进人生，不可心怀侥幸。故少小所学，若镌文嵌入金石；青年励学，如和风融于暖日；中年好学，恰盛夏快意凉风；老年博学，以促其日新生命。于是乎！学亦精，问亦精，精益求精；活到老，学到老，学无止境。

注：在"文润中都诗词创作征稿"中获一等奖。

悠游郕国城赋

穿过浩瀚岁月，眺望曾经国度。北倚泰岱，俯瞰黄河；植根华夏文明之基；怀抱汶水，周济万物，润泽齐鲁文化之树。东襟鲁城，贤达播化四方；西拥水泊，碧波游弋万橹。人文荟萃，民勤物阜。兵马精良，才力雄富。

尔其城阙风光旖旎，山水景物缠绵。轩榭高挑，楼阁肃严。群庶衣着整齐，街坊礼数周全。缓步阶上，观景台前：霞熨仙境，翠抱囿园。拱桥联虹水月，碧波弄影柳烟。翠毯绿坪，尽人间之秀色；幽雅栖居，若世外之桃源。清风蘸满花香，绿草茵遍祇园。卷帘香入室，移步鸟声喧。视力遍及陌野，心神脱以笼樊。

于是乘舟三乐岛，绿蔓绕径，青苔环岸。黄莺鸣啭于幽林，赤狐出没于层峦。一路溪亭蜂拥蝶舞，四座贤达比芝喻兰。犹见入目茅屋，醒世对联：曰人曰男曰寿，鸿儒问答传千古；封子封伯封侯，奕世蒸尝历万年。半掩葱茏，纵览水天皆绿；一掬往昔，回眸史迹可观。

稽夫前世沧桑，后世风光。驿道要冲，善导德扬。青石复叠苔碣，画栋犹重雕梁。榫衔卯接，丝丝入扣；飞檐斗角，层层伸张。书法衬楹联："故国春秋，常闻隐士话三乐。长天日月，熟睹贤达云古城"。商旅车辙，犹闻岁月流响；军营鼓角，难忘春秋遗章。为政以德，仲尼郕都播儒术；无争以静，昌伯三乐隐草堂。歌舞楼台，望不断，习习香尘步底；香车宝马，数难尽，处处游人盛装。然狼烟忽起，王气消亡。徒悲姬鱼之失国，争奈齐鲁之分疆。昔思烟暖，遂恨戈凉。

而今春秋逝，故事遗。漫游旧址，穿越传奇。不见剑矛之影，唯闻莺燕之啼。往事无寻，知前尘而梦远；江山依旧，赏胜迹而心怡。

大美汶上赋

壮哉汶上！风清月朗。商贾云集，梵音回响。先哲圣贤繁星闪烁，浩淼汶水鸟歌渔唱。述说人文历史，豪气锵锵；畅游自然景观，儒风荡荡！

巍哉汶上！悠久绵长。孔子初仕，宰执中都；筑建杏坛，培育栋梁。呼唤人性升华，德侔天地；以致政通人和，表率四疆。故尔，农家殷实富足，人人道不拾遗；家家夜不闭户，黎民品德高尚。令大德贤士称颂，官吏布衣敬仰。万邦莫不风从，八方争相效仿。

善哉汶上！信众敬仰。宝相古寺，神圣严肃。历万世轮回，堪破劫难又重生；沐千秋日月，通身智慧昭万古。各路香客，纷至沓来，仰望佛光；善男信女，络绎不绝，课诵朝暮。

妙哉汶上！崇圣尚贤。孔子文庙，冉冉千年。雕梁画栋，回纹万千。至圣先师，祥和蔼然。浴风雨春秋，读时代变迁。关帝武庙，琉璃飞檐。三楹十二柱，红柱撑地，斗拱载天。悬山式建筑，气势雄伟，大气庄严。美誉闻达于华夏，威名回荡于尘寰。

快哉汶上！波光潋滟；一湖烟水，千秋胜地。钩沉史海，眺望母系社会；探索奥秘，拜谒北辛遗址。访古城、探郕都，春秋群贤已毕至；登昙山、谒启期，三乐佳话犹贯耳；攀摩崖、观佛经，魏隶工雕细赏析。知汶河钟灵，彭城失利，沛公寻欢怀拥戚姬；慕桃城毓秀，汶水泛舟，范蠡西施龙凤来仪；日韩兵祖后裔，漫道浩瀚东海；擎香叩头祭祖，热泪抛洒故里。

康哉汶上！大地泱茫；兵祖蚩尤，序列炎黄。创华夏文明，开远古洪荒。夏商阙国没落，鲁国中都重光。姬家皇林，九公故地，世事巨变，陵谷沧桑。六师之帅，威汉代衡芳；一杆铁枪，壮后梁彦章。北宋进士，汶阳穆修，一纸书法继韩柳；西晋名将，平陆马隆，三千精兵扫四方。元代重臣，东平郡公，文坛领袖曹元用；诗坛巨匠，青莲居士，太白挥毫留华章。白英点泉，引汶济运，戴村拦河巧筑坝；同出一朝，乡人乐道，小县不大四尚书；乡贤伯衡，国难临头，投笔从戎伐列强。总督刘韵珂，威风振南国；军嫂韩素云，佳话传八乡。逝者已逝，先人往矣；圣贤智慧，泽被后世；壮士英魂，长耀晖光。

悠哉汶上！深茂古老；纵情畅享，追溯记忆。瞻望分水龙王庙，领略北方都江堰；欣赏白云餐朝霞，闲步莲花湖湿地。凡此种种，须待风霁日和；大美风光，仰望俯拾皆是。邀三五好友，徜徉于亭台水榭；沏一壶酽茶，品味民间小曲。继而轻步缓移，登临宝相宫，眺望一泓碧波；但见层层涟漪，正值荡漾中，仿若置身画里。回首鸟瞰城区，群楼巍峨，林木郁郁葱葱；凝目护城河畔，微风过处，两岸风光旖旎。蓝天白云下，数只黄莺正悠鸣；随意行走时，几对翩蝶似相依。

乎哉汶上！城区规划，东贸西商，南进北上；天蓝地绿，城洁路畅，环保标杆，前测后量。于是乎！今朝汶上！山清水秀，再炫世惊艳，恰似破茧蝴蝶；大美汶上！人和气爽，更振翅高飞，正如涅槃凤凰。城镇发展乘风破浪，时代长卷壮丽辉煌。青天蓝，大地绿，泉河澈，四季风光看汶上；长街洁，夜灯明，行人靓，一路壮美接城乡。

◆ 翟登勋

机械麦收有感（古风）

芒种六月天，布谷叫声喧。
榴花红盛火，麦香金浪翻。
麦收不见人，机割脱扬干。
农业机械化，夫作万亩田。

牡　丹

冠压群芳占尽春，雍容华贵独名锦。
倾城绝色夺魁元，妩媚尘埃花骨凛。

暮　春

淅漓谷雨尽残红，近木远山皆绿颖。
纷降百花浮水流，苗穿三节孕苞冷。

忆童年

也曾髫龀不知愁，桑葚酸流红肚兜。
夜半金蝉新蜕变，分兵潜伏柳梢头。

盛　春

柳秀花繁春意盎，踏青田陌沐晴阳。
远山日照萌新绿，天阔鸢飞比燕翔。
沃野苗青碧波伏，花黄无际泛金光。
嫣红姹紫千重锦，瀑泻春潮万簇芳。

春　气

细雨新沾草色青，和风轻抚蕾苞盈。
近观条柳鹅黄嫩，遥望山峦浅绿呈。
魂醉春烟千变幻，神迷诗意万般情。
又逢阳返复苏季，春气漫天催物萌。

登昙山

暮春节假艳阳天，攀上云阶至昙巅。
俯下喷泉彩虹映，仰瞻送子圣母仙。
碧波西荡龙湾静，光伏东铺电力传。
神幻现科相融合，天开盛景史无前。

清明怀母恩

悲绪哀哀祭墓旁，清明念母泪沾裳。
淑贤为本理家政，谦和诚信人脉强。
乐善好施邻里赞，孝尊抚幼祖风倡。
养教儿女心操碎，大德流芳千古扬。

中都诗友铸辉煌

聘师来汶讲诗详，小县吟朋饱学尝。

文化认知民族兴，诗书传世华邦强。

景迁代换光阴短，国粹诗魂存世长。

又见文坛繁盛季，奋征诗友铸辉煌。

◆ 刘玉华

芒　种

芒种恰天晴，田园正伙耕。

杨梅西岭熟，瓜豆北畦横。

蝶戏花随影，蜂飞鸟逐声。

纵观尘俗事，谁与世无争。

端午寄

榴花映日妍，艾叶吐芳鲜。

端午龙舟竞，千年肉粽沿。

追怀思屈子，翘首问青天。

身殒今何有，离骚传赋篇。

心　祭

迢迢千里子归难，无限哀思寄墓田。

二老坟前难施礼，追思过往泪潸然。

昙　花

夜艾神疲关计算机，忽闻异馥室中徘。

抬望琼璧阳台挂，初夏昙花五朵开。

潇洒人生

年过八旬翁媪多，风流潇洒扭秧歌。

预防呆症广场舞，打马划拳劝酒喝。

陪儿子高考感想

学子莘莘进考场，一支钢笔写文章。

寒窗十载千般苦，立志中华更富强。

省诗词学会讲师团莅临汶上贺诗（两首）

一

诗词泰斗来授课，政府领导做宣传。

文旅新局搞策划，诗社人人展笑颜。

二

古老中都福祉处，诗坛泰斗正传经。

课堂释我重重惑，笔下催生缕缕情。

百年沧桑

百年旗帜金徽闪，服务人民上紧弦。

锤子摧枯填苦海，镰刀破竹载甘泉。

初心不忘追真梦，远景分明续华篇。

帮弱扶贫同致富，太平盛世共团圆。

庆祝建党一百周年华诞

红船启处竞扬帆，唤醒工农越险关。

指点江山摧旧制，追寻天道挽狂澜。

初心不忘贫民事，一笑多因紫气闲。

绘就宏图行远路，中华复兴梦将圆。

◆ 杨庆鹤

舍得（古风）

人生求识避蹉跎，齐家修身记谦和。

虔诚悟道集广益，欲达鸿志品舍得。

品茗听琴（古风）

雅斋聚客品茗香，隔帘淑女调琴忙。

韵律声声悦耳细，清茶杯杯回味长。

暮春即雨（古风）

雨敲桐花流清香，风戏杨柳飞絮藏。

山川润泽花千树，时晴引的蜂蝶忙。

庆祝建党百年（古风）

弘扬正气兴中华，治国利民安天下。

坚定信念促和谐，复兴夙愿唤百家。

汶上诗词讲座感怀（古风）

诗词讲坛寻味长，破疑解惑除迷障。
播引骚客赋佳韵，唤醒诗家吟华章。

庆祝中国共产党百年华诞（古风）

立党为公度众生，不忘初心系民情。
乾坤造就复兴梦，砥砺前行正国风。

追梦（古风）

童年时代恋家亲，少壮追梦求上进。
峥嵘岁月坎坷路，欲登锦程树雄心。
腾飞须怀凌云志，立业修德需怀仁。
理想多自虚心得，鲲鹏展翅扶乾坤。

过年（古风）

伢子童心嬉戏忙，老者怀古拜高堂。
吉祥红灯门楣挂，喜庆楹联赋华章。
爆竹声中辞旧岁，礼炮鸣贺来年旺。
乾坤同乐回春早，人间共享福寿康。

山行（古风）

目览青山疑睹画，遥望飞泉流壁涯。
手执杖藜观胜景，足踏阶石看古刹。
缓步幽径听松涛，静立巅峰寻奇葩。
朝迎旭日出海曙，暮送夕阳呈晚霞。

泰山雪霁（古风）

岱岳奇观雪后明，沟壑烟岚有无中。
远望苍松含玉翠，近听流泉作涛声。
峦秀博得游人醉，琼花散尽展素屏。
乾坤造化赋神韵，五岳独尊迎高朋。

◆ 王天义

农家院

东篱甜杏始妍红，西圃蔬鲜叶正葱。
入夏农家多画景，赤橙黄绿展娇容。

徒步队（古风）

南湖岸边接长龙，出水芙蓉作伴行。
四时健体无穷色，朵朵春心入画中。

红梅赞

红梅一朵报春回，秀骨寒枝日润辉。
只等东风飘四野，红颜笑待百花归。

红梅赞（古风）

欲邀众卉斗严寒，百花听后仍冬眠。
我自傲然献红蕾，不与他人论长短。

岁寒三友（古风）

青松长寿岁延年，翠竹坚韧居深山。
寒梅乐伴飞雪舞，三友秉性万民赞。

汶上小城夜景（古风）

彩带绕枝迎佳节，霓虹悬空纷斗俏。
漫步长街窥仙境，骚客花间弄诗潮。

文房四宝

文房四宝觅灵光，纸笔生花翰墨香。
差遣诗文歌盛世，敢教时代更辉煌。
砚田造就诗书画，笔下生成锦绣章。
文物收藏当古董，雅斋我爱作书房。

环卫工人（古风）

寒来暑往夜出门，马路灯昏落叶深。
巷尾街头难忍垢，披星戴月扫污尘。
日炎风冻非嫌苦，春夏秋冬不忘勤。
辛苦换来环境美，文明城市是功臣。

太子灵踪塔（古风）

隐藏佛牙逾千年，出土圣物彩虹现。
重扩古刹宝相寺，虔诚方士还宏愿。
筹资新建阿王宫，气势非凡多壮观。
我辈长居风水地，古寺游览巧施闲。

围歼新冠病毒赋（古风）

乙亥年末，恶魔乱窜。新冠病毒，感染肺炎。
鄂省首府，惨遭劫难。死亡率高，殃及人寰。
病理反射，诸脏多变。痪疾难愈，持久缠绵。
不分年龄，均可感染。传播迅速，日患逾千。

吾党中枢，力挽狂澜。精准施策，解救民悬。
习总书记，亲自统揽。时序年关，英明决断。
一级回应，城乡戒严。千万医护，请缨参战。
全国上下，防控疫源。详细登记，以备查验。

各省市府，纷纷组团。聚集精英，抽调骨干。
重症灾区，八方驰援。设备短缺，加班生产。
病房拥挤，全新兴建。火雷神山，热火朝天。
运输供给，刻不容缓。车队流畅，往返连绵。

神州百姓，恭听召唤。相信科学，避免谣传。
随时洗手，消毒规范。配戴口罩，以习以惯。
远离野味，拒绝会餐。开窗通风，共守家园。
老幼齐心，誓克时难。众志成城，共渡灾年。

新闻记者，奋身一线。弘扬正气，荡涤邪念。
志愿团队，无私奉献。无疆大爱，众皆称赞。
全民阻击，喜迎拐点。社会功绩，尽在欢颜。
战疫英雄，永垂史典。优越制度，千古流传。

◆ 潘学年

阵雨（古风）

雷雨骤然下，游人未归家。
身傍无他物，采荷护娇娃。

书斋（古风）

一架圣贤书，四壁翰墨香。
凭生无嗜好，闲来赋诗章。

红梅（古风）

一夜朔风烈，万树琼花开。
大雪压不住，红梅报春来。

消暑（古风）

避暑至荷塘，岸柳飘清香。
静坐无妄念，身心自然凉。

宝相寺颂（古风）

陀佛普光施，菩提惠爱怡。
禅心生梵宇，宝寺造清知。

山中独酌（古风）

独居深山里，柴扉绕紫藤。

密枝遮朗日，风摇始见明。

坠果惊飞鸟，啼落两三声。

闲酌谁共语，把酒对苍松。

家书（古风）

北风啸啸透骨凉，桐叶凋零遍地黄。

家书一封托鸿雁，郎君勿忘添衣装。

岱宗重阳（古风）

三秋丹桂格外香，稻谷垂首菊花黄。

几回梦中归故里，佩萸登高过重阳。

聆听省诗词学会专家团来汶授课感怀（古风）

春分时节百花开，齐鲁方家授课来。

杏坛安坐求学子，他日桃李满诗台。

◆ 郭惠民

汶河溢流坝观感

南望群山翠，北瞻流水急。

鱼儿翔潜底，游艇搏浪激。

南湖夜景

七彩柔光照时长，楼台倒影入湖塘。
群星闻讯惊开眼，广场偷窥歌舞扬。

运河掠影

南北通衢汶水连，工程调水利千年。
蚩尤故里游遗迹，庙畔扬帆过货船。

吊古怀乡（古风）

孔子仕初在中都，仁政广施耀九州。
廉法忠孝尚吏治，离任脱靴美名留。

汶上宝相寺（古风）

森森古寺晨钟响，吟唱声声诵梵音。
佛像案前深叩首，情意切切净尘心。

汶河湿地见闻

长堤岸上唱黄莺，碧水一泓恋柳风。
尽看中都春好处，四方骚客踏春行。

观赏荷花感怀

伴友游湖赏碧莲，几回拈韵意悠然。
伤心已有花憔悴，堪叹王郎未遇仙。

游南旺分水龙王庙感怀（古风）

调来汶水分南北，古庙修葺遗迹存。
引汶济运开圣境，分水龙王耀古今。

贺神舟十二顺利升空

火焰熊熊映地天，神舟十二任飞旋。
三英勇向苍穹转，举国欢腾盛世宣。
探月摘星新创意，登宫建屋技超前。
高科猛进环球慕，华夏辉煌筑梦圆。

纪念中国共产党百年华诞

湖南点火照全球，高举镰锤巧运筹。
扭转乾坤凭马列，更新历史有豪谋。
伟人带领三山倒，黎庶追随一帜投。
反腐倡廉兴百业，神舟十二国家优。

◆ 白如雪

古梅（古风）

五梅奇斗艳，千载绽芬芳。
花灿无娇贵，枝苍染彩霜。
章华冠古楚，晋吐二度香。
隋赏枯荣干，超山看宋唐。

晚 年

人生如戏晚如霞，胜似闲庭赏彩华。
名利输赢身外事，坦然潇洒乐开花。

槐 花

素颜花萼散清香，蝶舞蜂飞戏蕊忙。
果木成荫春末处，壑丘野陌雪披装。

春 分

耳听莺语又春分，雨后晨曦气爽新。
岁月无情流水去，桃花依旧韵诗林。

蔷薇花

冬积夏促苦争春，无奈初春杏早临。
桃李棠樱春中醉，愿随春老绽缤纷。

游压油沟

青山绿水绕农庄，田间新蔬自溢香。
春尽悠闲游此处，心舒气爽面红光。

题中都诗社

佛城文海韵悠扬，笔辍词林写华章。
雅致怡情吟盛世，中都诗社启新航。

中都独行（两首）

一

汶泉河岸自独行，柳碧花红气爽清。
美妙梵音飘入耳，躁无绪稳我胸宁。

二

观莲赏锦鹊鹂鸣，池翠飘香夏韵浓。
仰望垂光佛塔闪，闲行圣地中都城。

◆ 李龙庆

沿河公园掠影（古风）

水上鲤鱼跳，空中紫燕飞。
村翁岸上望，顽童柳下追。

雨夜抒怀（古风）

夜雨敲窗棂，唤醒梦中翁。
和衣床前踱，浮现儿时景。
少年多少事，喜戏烟雨中。
而今过天命，犹恋故园情。

采风（古风）

春风又绿齐鲁地，紫燕归来寻故居。
采风骚客聚集处，恰是万物生发时。

亲不待（古风）

清明时节细雨蒙，子孙垂泪奔祖茔。

春日四野燃香火，历代神魂收纸冥。

游戴村坝（古风）

近水远山一望收，巍巍大坝溢清流。

戏水巨龙迎坝卧，纳吐天籁伴君游。

冰雹袭来（古风）

淫雨霏霏六月天，冰雹袭来周身寒。

可怜公园七彩花，举目望去一色焉。

观赏荷花感怀

鱼戏池塘兴未阑，鸠鸣芦苇意难安。

情随心境遣游棹，目逐花光赏素纨。

贺党百年华诞（古风）

南湖点火照全球，高举镰锤震九洲。

抵抗入侵平内乱，三山推倒国筹谋。

航天探海军规壮，十二成功万众讴。

代代英明坚信念，伟人思想贯神州。

◆ 郭爱红

悯农四首（古风）

一

初春寒未去，深耕施肥急。
播下一粒栗，秋获万颗子。

二

赤日似火烧，禾苗半枯焦。
燥心更熏蒸，祈天滂雨到。

三

潇潇兮秋风，田园硕繁荣。
力身不知歇，保收颗粒穷。

四

劲风狂扫叶，青衫裹体单。
遍拾阡陌柴，只为雪来寒。

遥思六首（古风）

一

仰望银河泪欲流，情丝相牵无尽头。
牛郎尚有七夕会，何时与君共执手。

二

欣然诗坛又一春，中都文苑竞振奋。
应时省协亲授课，更添丹青画春深。

三

喜报省协莅临汶，中都文苑竞振奋。
且待讲师亲授课，更添丹青画春深。

四

清茶一杯醉心扉，品香寄思念旧人。
花伴鸟语添春色，谁懂孤灯深夜泪。

五

情缘不负相思引，且等繁华开满天。
只愿拥你共一世，莫恋回首景万千。

六

素娥如期照妆台，窗梅初绽香入怀。
又幻镜前叠双影，无奈相思温梦来。

◆ 夏荣华

莲花湖

寂静平湖春意长，招来仙子秀红妆。
痴心锦鲤腾空跃，一吻成名四海扬。

注：在"文润中都诗词创作征稿"中获三等奖。

雪中新城

朵朵琼花迎日升，高楼林立势争雄。
凭窗眺望九天外，山舞银蛇驭汉宫。

汶城曲

明都新雨碧空新，处矗高楼天际邻。
庙宇高擎佛祖阙，人间善恶自清真。

长乐湖

杨柳拂堤湖面平，初张荷叶嵌无声。

楼台多少兴衰事，尽付匆匆烟雨中。

秋之恋

河水清悠岸草黄，蒹葭漫舞絮飞扬。

秋风善解离人意，夜遣情丝到远方。

浮生如梦

浮世若尘生命微，时光流逝箭如飞。

功名利禄随风去，唯有诗词万古辉。

家　乡

泰山脚下昙山秀，汶水源头溪水长。

历代旅商南旺会，中西文化宝相藏。

白英治水百泉柜，孔子周游四海邦。

淳朴民风千古在，中都美酒万年香。

建党百年颂

雪雨风霜一百秋，初心使命不曾丢。

铁肩担道开新宇，巨手擎天镇敌酋。

反腐倡廉黎庶颂，脱贫致富盛名酬。

空间丝路空前广，圆梦中华耀五洲。

雨后散步

雨湿紫陌透新红，绿树成荫凉爽风。
款款深情寻故道，荷荷初放露华容。
远观湖水涟漪起，近掠蛙声阵鼓鸣。
歌舞声声歌盛世，平常瓦舍似皇宫。

大美中都

潋滟光波南北湖，护城活水野鸭浮。
楼盘棋子星空烁，街道柳杨风韵书。
翠掩民居幽静享，文陶住户俊杰出。
轻舟快意绕郭去，儒释千年佑圣都。

◆ 徐锡禹

保国护海（古风）

南海风云变，航母已出征。
战机升空中，挂弹瞄敌营。
睡狮已经醒，何惧鬼子兵。
寸土都是金，开战都是兵。

中都汶上（古风）

站在西关桥头，河水荡漾无忧。
东面佛塔金黄，桥西林立高楼。

信仰（古风）

红色档案初展开，烈士遗言倍感怀。
不惧牺牲为祖国，和平幸福有现在。

登月（古风）

仰望皓月在当空，依稀看到红五星。
嫦娥从此可回家，吴刚玉兔吻飞艇。

贺党百年华诞（古风）

红船运起百十年，画舫黎明彩照天。
伟业风云民主立，为公大道鉴轩辕。

一心为民两首（古风）

一

不忘初心为人民，攻坚克难为脱贫。
惩治贪腐两袖清，一带一路暖如春。

二

攻坚克难忘我行，惩治贪腐两袖清。
不忘初心为人民，一带一路如春风。

杂 感

岁臻花甲爱随缘，穷蛰山村守薄田。
三寸舌耕将卌载，五科书结向颐年。
堂中自有含饴趣，手里常翻得句篇。
网建群聊谦受益，所交笔友悉称贤。

家乡小聚

家村西岭彩霞娇，日落炊烟树冠飘。
发小诗朋三载会，同窗战友一堂聊。
现身说法歌今曲，举证谈情颂史谣。
细品陈坛观静月，缓尝香茗赏长箫。

◆ 孟广路

晨景（古风）

雨后虹桥河边走，鱼儿河里穿梭游。
空气清新景色美，蝉蛙各自唱不休。

春雪（古风）

华夏北国飘玉沙，故穿庭树作飞花。
芳华赛过梨杏白，寸草争先要生发。

白玉兰（古风）

雪白玉兰笑靥开，朵朵芬芳妆春彩。
鸟儿鸣啼芳华美，玉红心舒乐开怀。

雨后闲吟（古风）

好雨催生水草长，青幽掩径势添凉。
难得又见垂钓者，鱼饵空投白落忙。

贺省诗讲团来汶上

古城汶上在沸腾，徒捧芳华迎高朋。
诗坛专家来授课，中都诗社荡春风。

庆祝我党成立百年华诞（古风）

共产党人志向远，披荆斩棘永向前。
不忘初心记使命，人民永远在心间。

忆红船（古风）

诞辰百载忆红船，血雨风霜笃定虔。
反帝反封除旧弊，抗倭抗蒋启新元。
改革开放人人砥，拓辟腾飞个个研。
入海探星高速度，初心使命誓攻坚。

清河公园见闻（古风）

晨曦入园踏银粟，乒乓案上琼花见。
玉霞持板刮玉尘，路霞单打赏玉鸢。
泰山园丁赞寒酥，欲将瑞叶放花边。
琼妃舞动黄岗女，六花斜扑双打欢。

游腊山公园（古风）

东平湖畔山水依，旖旎风光独秀奇。
满山遍野郁葱柏，黑枸被誉鲁第一。
怀童不老树两棵，据传栽植邱处机。
上嫁大柿下接枣，事事如意是瑞意。

赞巾帼绽芳华（古风）

会计工作这战线，巾帼顶起半边天。
整日面对是单据，日清月结年核算。
一丝不苟毫厘准，敬业精神皆体现。
奉献毕生绽芳华，忠诚铸就国领先。

◆ 贾维波

暮春（古风）

信步林中残春入，娇花零星赛争辉。
粉蝶翩跹随风曳，要把今春待此生。
溪中落红随流水，岸上花树恋累累。
远处亭榭飘乐声，林中晨客伤暮春。

战洪魔（古风）

水患自古皆无情，人间大爱胜天灾。
一声号令八方动，九州援手战洪魔。
风景醉美迷彩绿，人民利益镌心窝。
点滴善举汇正气，势撼寰宇震山岳。

庆七一（古风）

寥寥数人初创业，嘉兴南湖系神州。
矢志为民谋幸福，使命初心刻入髓。
国民革命如火荼，北伐无道做先锋。
南昌城头举义旗，十年抗争战火纷。
三湾改编铸军魂，人民武装为人民。
抗击日寇冲一线，攻坚克难成中流。
三座大山踏脚下，人民当家做主人。
建设九州呕心血，苍天不负结硕果。
百年华诞百岁嵘，百年岁月百般强。

空（古风）

夏商西周兴亡过，春秋战国乱邹邹。
秦王雄霸扫六合，汉武大略服匈奴。
三分天下群雄逐，五胡乱华荡悠悠。
攻伐征战南北朝，隋唐一统威四夷。
藩镇割据战火起，五代十国短暂存。
重文抑武宋廷策，制度行省传至今。
明清锁国国势微，百年屈辱一朝平。
万里长城今犹在，王侯将相史书存。
天地悠悠皆过客，来去匆匆只留空。

夏夜漫游（古风）

娇花烂漫缀夏空，蛙鸣声声闹耳蜗。
莲下跃鱼水中戏，岸上野鸭惊散客。
垂手夜间趣味足，誓将龙王吞肚中。
酥风习习扑人面，唤得游人精气足。
仰望九天星点点，一世人生几度秋。

乐游穷（古风）

微山湖上乐悠悠，古镇南阳底蕴深。
接天莲叶映碧波，并蒂荷花惹人怜。
小舟轻载入莲湖，细语欢声惊梦鱼。
轻歌曼舞古装女，引得游人头频频。
三里酒家三鲜味，三个诤友酒三壶。
意满心足归意迟，重整行装待他朝。

观黄水有感（古风）

滔滔黄河东流水，千古淘尽风流事。
江山万古依旧在，多少故事付东流。
独自滨水幽幽情，环宇天地忖心胸。
微风耳畔丝丝过，万千心绪滤心头。
今夕黄水胜往昔，代代才俊胜代代。

◆ 李 铭

初 心

高举镰锤党领航,初心永记铸辉煌。
人民至上铿锵句,耳畔回音响四方。

心殇(古风)

世人皆醒我独梦,总谅无情做亲情。
最远对面心中恨,刃锋滴血呓语声。

立 夏

春红谢尽麦花放,妹洗蛙鸣碎月光。
地铺绿笺风走笔,雨滴香墨着诗章。

新雨后

夜来小雨洗微尘,河草鲜凉格外新。
一阵风吹翻绿浪,千斛珠露落青阴。

春日芳晨

路草含珠风送爽,蝉吟鸟唱菜芳香。
月沉青岭天方亮,便有晨人练步忙。

夏日清晨

绿阴窗外杜鹃啼,乡野老田还未犁。
蝈始虫鸣歌夏至,热风吹暑柳烟堤。

贺神州十二号成功对接

危楼山寺重迎神，惊诧天空添星辰。
难忆灵宵旧模样，似曾相识华夏孙。

庆祝我党成立百年华诞

跟党繁荣走在先，九州改革激情燃。
图强岁月经风雨，养好精神换地天。
华夏复兴追梦切，长征再起信心坚。
学诗多载存余热，退后骚坛执教鞭。

生查子·高考

去年窗外地，花草伴竹马。风闹情相悦，书声妙似霞。　今年窗外地，枯草又发芽。春意依然闹，凭窗不见花。

醉花阴·山乡寂夜

抬头穹苍云遮月。寂静空山夜。闲步在庭前，灯下幽幽，如染枝头叶。　梦惊空谷林间鹊。又是声声怯。思绪乱纷纷，点点滴滴满腹愁难解。

◆ 刘胜利

大汶河（古风）

船高浪急八月间，琵琶山坝把腰拦。
济运南旺引小汶，泽润中都福无边。

戴村坝（古风）

混凝大坝天地间，拦汶济运南旺关。
至今仍思白英功，彩山墓前拜一番。

南泉河（古风）

汶南分流成南泉，绿岸碧水渔舟欢。
义桥南站成福地，游园上空降八仙。

小南湖（古风）

天湖皆蓝水中楼，白云鱼虾柳中游。
王母也赞新汶上，欢歌笑语凡间留。

新义桥（古风）

东南大棚连天地，西北南泉柳虾戏。
金水桥上望新景，煤炭三矿忙富裕。

济北高铁（古风）

济北高铁贯神州，漕河航空通千秋。
汶上逢时大发展，义桥前景在域优。

莲花湖景区（古风）

泉河小汶携手行，北坡有意莲花情。
湖光山色湿地美，生态发展有美名。

汶上现代篇（古风）

南湖东楼北宝相，琵琶山上点兵将。

泽润中都千秋盛，安居乐业万代长。

独钓南泉（古风）

太白映日耀东天，百鸟戏舟独钓闲。

中都城内宝相寺，悠幽钟声报南泉。

南旺分水枢纽工程遗址（古风）

大运河上至高点，蜀山湖里望江南。

几经改道下杭州，分水枢纽美名传。

◆ 王印水

石榴花（古风）

燃炬似灯笼，粼光映枝丛。

辣蕊含暑气，纤叶破熏风。

雨霁姿舞媚，色消香弥踪。

蝶绕融炽烈，蜂恋乐痴瞳。

仲夏（古风）

雷鸣电闪云脚低，须臾狂风阡上起。

提篮小妹忙上路，归耕老夫催鞭急。

睡莲（古风）

红瓣凌波凝灯台，依依钱叶曼妙裁。
妍姿摇曳香呈远，任由蛙声和韵来。

红色汶上之陈伯衡（古风）

北大归来未商贾，齐光本可教贤书。
但为抗日揭竿起，不辞殒国垂名录。

红色汶上之白育普（古风）

世袭白英八品官，力酬武装卖良田。
不屈协迫向革命，外助灭寇战梁山。

建党百年两首（古风）

一

百年红船领至今，镰锤雄起民同心。
大众做主奴身翻，特色富国好策引。
倡廉反腐自修正，慧农兴商多贴亲。
鹏程万里正接力，践行国梦奏强音。

二

岁月峥嵘践初衷，星火燎原尽翊红。
党史铭镌长征路，国基启承毛泽东。
扫尘除旧致民富，俱时弥新主政雄。
百载伟业皆世誉，辉煌历程建丰功。

仲夏（古风）

荷气侵风伴鼓蛙，溪柳堆烟水流霞。
林涧有风蝉啼醉，亭旁无雨莺闷嗟。
行行瓜藤爬满架，群群蜂蝶戏尽花。
牧笛声啸黄昏至，燕自引雏归农家。

清明（古风）

斜风细雨三月天，远坡近林升紫烟。
衔泪犁花坟前开，啼血杜宇墓后旋。
躬身叩首焚香火，摆花滴酒撒纸钱。
薄衣冷瑟浑不觉，几许思泪挂腮间。

春潮（古风）

柳影婆娑莺啼芽，春潮涌动润桑麻。
顽童扯筝嬉追梦，老农催鞭勤种瓜。
竹篱鸣声遍鹧鸪，荷塘逐波尽鹅鸭。
闲步草径情惬意，坐爱溪头数杏花。

冬韵（古风）

放眼林疏草已苍，惟留荞麦着青妆。
常闻寒鸦啼沟垣，偶有野兔过埂梁。
渺渺静水舟泊渡，瑟瑟风怀鬓蓬霜。
不知何物将春孕，幸梅尖吐一串芳。

◆ 李德显

清明（古风）

风吹梨花独自开，薄雾细雨伴君来。
坟前游子两颊泪，烛光纸烟寄情怀。

闹元宵（古风）

张灯结彩闹元宵，柳绿桃红花枝俏。
春风送暖驱寒意，扮靓华夏春来早。

诗织中都（古风）

春风含意花为题，颂梅咏柳蝶恋枝。
杏坛文杰辨经纬，诗织中都新天地。

龙抬头（古风）

战鼓摧春雷声震，巨龙抬头送温神。
万物复苏齐参战，斩妖除魔杀声紧。
任凭狂魔多凶残，难蚀华夏巨龙身。
只等大地硝烟尽，又回二月万户春。

忆伟人（古风）

雄才大略毛泽东，一门英烈六英雄。
安邦治国稳天下，屹立东方耀巨星。
一生为民谋福利，杜绝贪腐民安宁。
自力更生创伟业，华夏文明百业兴。
敌人闻他心颤抖，朋友心中留英明。
伟人神魂指引路，东方巨龙万里腾。

◆ 张恒山

青　蛙

井中招耻笑，塘内誉英雄。
此物原无异，缘何褒贬生。

游南湖书所见

月暗万家灯，闲人信步行。
清风排簇浪，散作满湖明。

咏　茶

吞风饮雨宿山坡，揉捻杀青多难磨。
沸水凛然伸展去，沉浮浓淡又如何。

青松（古风）

酷暑严寒立断崖，狂风骤雨任折杀。
只缘胸有凌云志，历尽沧桑更挺拔。

白菜吟（古风）

玉骨冰肌惹爱怜，层层紧裹护心田。
洁身自好做君子，只留清白在世间。

咏　梅

僻壤苍崖立此身，凌寒傲雪任风侵。
清姿大雅芳香郁，只为人间报晓春。

社会一瞥

生儿育女乐无穷，历尽艰辛助业成。
多病百年居陋室，罕闻后辈把门登。

咏烟花爆竹

喜庆千年璀璨开，粉身碎骨等闲来。
若为一片长空净，隐去无声不自哀。

过玻璃栈道

蓬莱峭壁仙桥横，万丈深渊脚底空。
莫道刀山浑不惧，此情此景几从容。

致敬嘉兴红船（古风）

一叶红船警世人，举拳宣誓为黎民。
推翻黑暗旧时代，敢叫九州献彩云。

◆ 侯桂华

清　明

冷雨斜飞泪染襟，黄花憔落碎心痕。
东风不语悲香火，谁道春寒缅亲魂。

◆ 徐西平

清明（古风）

阴阳相隔两重天，坟前跪拜忆往年。
音容笑貌思犹在，念泪如瀑挂眼帘。

◆ 魏朝凯

清明即语（古风）

清明之际百感生，更有细雨绕耳鸣。
往事萦回挥不去，想起慈母泪花盈。
当年叮咛在耳畔，尤其弓腰抱柴声。
阴阳两界两相望，天地人间万古情。

◆ 王身彬

祭先人

清明细细又怀春，游子匆匆祭故人。
对面不知何处去，伤悲心碎泪融尘。

◆ 李艾香

清　明

风凄雨冷梨花坠，雁怅莺啼柳色森。
断魄坟前寻往事，躬樽洒泪忆真沉。

◆ 韩振华

清明之夜（古风）

慈母已故几十年，梦里似闻在纺棉。
惊醒猛然开灯望，原是细雨拨心弦。

◆ 郑茂昕

清明（古风）

红雨绯绯恰清明，青烟漠漠卷云横。
人间寂寞凄凉地，又是伤情祭祖声。

◆ 李淑君

情思寄清明

怀故心情总黯然，泪催娇女到坟前。
神思凝聚知多少，默祷阴阳两自安。

◆ 宋培学

清明思（古风）

植蔬烹饪皆娴熟，土木施工不含糊。
忠厚垂范启后昆，哀思追远忆老父。

◆ 朱亚萍

清明节感怀（古风）

谢了桃红梨花白，风寒雨密天地哀。
寄言凄凄思亲人，可否有词慰情怀。

◆ 刘 伟

思乡（古风）

追忆亲人又清明，人离难续未了情。
怎忘儿时故园情，唯有长梦寄相逢。

◆ 陈恩兰

红石榴（古风）

夏木阴阴雀鸣唱，稚童欢歌溢学堂。
熏风和乐志气高，他日祖国添桥梁。

咏蟹爪兰（古风）

端妆以侍俏佳人，更有仙姿说向君。
叠翠拥红颜似玉，不由提笔续诗文。

清明思亲（古风）

苍野孤坟冷雨凄，黄花一束寄哀思。
东风惆怅成追忆，父女情深一笑时。

◆ 张　涛

清明祭

桃花初绽半阴晴，柳絮低飞逐幼莺。
惆怅东风吹细雨，断魂时节又清明。

◆ 金永波

题汶上

中都雄峙运河边，万里云帆济海川。
浪拍苍山山拍浪，天同碧水水同天。
华轩披彩含诗韵，桂栋辉霞入画篇。
一带春风花一路，百年逐梦凯歌传。

注：在"文润中都诗词创作征稿"中获三等奖。

游汶上（古风）

遨游汶上兴空前，山清水秀百花妍。
浩浩青川超百里，悠悠古邑越千年。
物华天宝饶财富，毓秀钟灵博圣贤。
欣赏中都观史迹，文明邹鲁赋华篇。

书汶上

日耀中都春意生，山清水秀发红英。
农田麦涌堆金浪，工厂机鸣积玉声。
桂栋摩天平地起，轮轩入户市村行。
百年华诞党恩谢，逐梦神州跨锦程。

咏汶上

风雨兼程一百年，中都日月换新天。
丽谯耸立云霄外，靓轿奔驰山水边。
户户脱贫奇迹创，家家致富凯歌传。
欣迎盛世民欢舞，孔孟之乡国梦圆。

汶上放歌

千家万户住琼楼，自驾华轩山水游。
七秩放歌讴古邑，百年追梦写春秋。
逢山开路兴宏业，遇水架桥启壮猷。
红色汶上跟党走，英雄儿女立潮头。

汶上农村掠影

昔日农家土草房，百年逐梦变天堂。
丽谯雄峙云天外，别墅齐排绿地旁。
民弄华为兴企业，户开宝马牧牛羊。
欣看庄左运河浪，滚滚春潮万里长。

咏汶上

绮丽中都草木荣，水明山秀发红英。
家和邻睦三春暖，国泰民安四季宁。
桂栋凌云升异彩，华轩入户放光明。
运河波涌滔天浪，滚滚潮鸣逐梦声。

运河岸上我家乡

运河岸上我家乡，百载春秋换丽装。

碧宇披霞云昊外，华轩溢彩麦田旁。

牛耕绿野风传翠，花发青山露带香。

百舸争流鱼拨刺，雄鹰展翅舞天堂。

◆ 陆家行

筛月亭（古风）

枝繁叶茂遮半空，纵横交错网织成。

块块碎银地上撒，情系难舍筛月亭。

海纳百川（藏头诗）

海碧空蓝一线天，纳容万水卷巨澜。

百变迥异紫东逝，川急浪涌永向前。

英雄赞（古风）

急流遇礁浪花卷，平静生活如水潭。

自古英雄多磨难，坎坷方显意志坚。

成败难把英雄论，披荆斩棘永向前。

人生百春何其短，画道彩虹绘人间。

人生（古风）

人生道路多艰辛，努力奋斗唯是真。
为人处世诚相待，宰相风度定乾坤。
朋友众多财路广，莫做小肚鸡肠人。
若宇大智须牢记，富贵平安永伴君。

仲秋赏月（古风）

仲秋佳节月儿圆，合家欢笑乐无边。
亲朋好友团相聚，畅语声声冲云天。
月撒银色人欲仙，嫦娥慕景难入眠。
献上一杯月桂酒，祝君福寿万万年。

航海寄怀（古风）

游轮鸣笛起航锚，海鸥剪矢逐浪高。
丽人遥指甲板站，秀发飘逸更妖娆。
晚风轻吹起波涛，靓妹抚琴哥吹箫。
琴箫涛声旋律美，兄妹情感天地摇。

泰顶观日出（古风）

海天水色一线天，拱北日出把景观。
火然天地霞光照，如涩少女半遮面。
秀目遥观望岱顶，知音身影时隐现。
猛然跳跃出东海，含羞对哥笑开颜。

美少女济宁小北湖采莲（古风）

浩渺缘水映碧天，滴翠菱荷片连片。

扁舟一叶箭驶出，靓妹南湖来采莲。

渔歌声声袅袅飞，花舟荷丛时隐现。

玉指攀莲银铃笑，不辨丽面与水仙。

塞外情，2008作于新疆罗布泊甲盐基地（古风）

塞外驰骋枣红马，戎装兄妹马上夸。

皑皑白雪银装裹，对空嘶鸣蹄飞花。

靓妹身后伸玉指，酷哥前面把弓搭。

野兔窜雪前面跃，不忍伤害箭收下。

祭清明，献给天下孝子（古风）

细雨淅淅落不停，苍天有泪祭清明。
跪拜仙逝老父母，福佑天下享安平。
感谢父母养育恩，掉根头发都心疼。
省吃俭用奋一生，都为儿女享福荣。
操劳辛勤一辈子，撒手人寰两手空。
唤声二老多有灵，看清人世不太平。
美帝称霸惹是非，杀人掠财挑战争。
祖国山河无限好，亿万贪官乱人生。
假货乱真害百姓，手足相残多为财。
小人弄假乱人生，孔孟之道无踪影。
近平习主好领导，岐山打虎灭苍蝇。
科技领先重人才，强国富民不是梦。
东方狮吼强首立，引领世潮享安平。
跪拜祖先口中呼，放心极乐仙游去。
当今社会政策好，待扫妖魔污浊虫。
天佑儿孙多福贵，笑傲人生享安平。
财富本是身外物，开心长寿伴此生。
但愿人生无限好，你敬我爱人情浓。
国富民强不是梦，各取所需享大同。

◆ 孙恒昌

初春游佛都（古风）

春日寻芳一枝梅，碧玉扮水城南北。
晨曦觅韵灵踪声，客心步疾为窦扉。

游汶上有感（古风）

小城又访四尚书，高楼耸塔一时新。
景开万象绿千树，广场舞曲时风吟。

◆ 房照远

飞 燕

风迎湖柳溪，云白醉池堤。
堂燕飞来客，邀君入画啼。

十里香

溪流润沐塘，花艳着新妆。
云观风前碧，吹开十里香。

照花台

一夜风排浪，新颜美色开。
春天移暮景，明月照花台。

草色入帘青

雨滋丛绮分，云路草阶新。
雷击铮泓日，东方复始春。

入 画

迎面徐徐好个风，又来汶上数春红。
雨丝扶曲流烟望，确似游人入画中。

汶上咏情

云笺汶水城，寻觅现唐声。

湖隐东风面，来朝赋咏情。

注：在"文润中都诗词创作征稿"中获三等奖。

◆ 王庆利

喜 雨

城市多闲日，农家忙灌田。

喜听连晓雨，父老正高眠。

重 阳

重阳今又至，携酒且还乡。

老父尚能饮，东篱菊正芳。

咏 菊

东篱菊一枝，开落故迟迟。

除却陶元亮，西风是旧知。

听 雨

微醉非贪睡，醒来近五更。

打窗风雨急，不是故园声。

立 夏

樱桃红绽麦初黄，柳絮因风势更狂。

一夏光阴今又始，夜深闲坐话清凉。

槐　树

几树洋槐共国槐，绿云曾傍故园栽。
何须风味殊中外，一样清芬入梦来。

柳　笛

不向章台舞细腰，笛声吹忆故园谣。
树犹绿发人空老，新梦时萦旧柳条。

秋　思

白露初凝忽梦家，门前篱菊远韶华。
一轮秋魄清如水，满院香浮月季花。

留饮山家

柳絮轻扬杏实圆，白云生处起炊烟。
山家置酒留归客，沽取春风不用钱。

春雨夜忆故园

桃红李白草青青，深锁初心客小城。
故园今夜花多少，开落风声共雨声。

◆ 李作兰

春来汶上（古风）

桃红柳绿连翘金，汶水河畔巧立身。
高低错落闲情致，逗留寻芳探春人。

天净沙·夜游南湖

明月彩灯半空,天上人家水宫,湖畔高楼雄风。垂柳轻摆,夜游人微风中。

天净沙·文苑夜色

广场喷泉霓虹,春树枝头风筝,游人笑语欢声。南湖水畔,文苑夜色朦胧。

长相思

红灯笼,彩霓虹,装点汶上不夜城。有光也有灯。　黄发翁,垂髫童,观望麦田醉心中。是景又是情。

◆ 白克伟

庚子夏终得出门有感(八首)

一

援鄂神兵渐次收,功成载誉傲王侯。
漫天风雨当时烈,不阻苍茫汉水流。

二

忆昔垂髫烂漫时,何愁立业与薪资。
闲来最喜游书海,宋韵唐风独爱之。

三

夏中天气变无常,时雨时晴意不张。
惟有琼琚长作伴,闲吟妙句梦仙乡。

四

浮世多艰雨雪频，花开叶落不由人。
何须百事争完美，淡看荣枯静养身。

五

谁道学庐也似家，争来斗去噪群鸦。
虽居一个房檐下，此处人情类薄纱。

六

一住簧门两月余，身心俱瘁少安居。
常怀陋室清舒簟，保我甘眠梦玉虚。

七

台海罪魁幸已亡，棘荆小道渐康庄。
二分计日归全璧，蝼蚁鸱鸮可久长。

八

天外风云任有无，崔嵬不动两浮屠。
一番静谧喧嚣后，星在山巅月在湖。

◆ 蔚中立

夜晚南湖观感

风流汶上人，处处可销魂。
爱好别言少，常存热血心。

战疫英雄（古风）

瘟神今又来，华夏聚英才。

俊逸医疗队，飒爽看女儿。

全民同战疫，党政共安排。

世界谁能比，中华锦绣开。

立秋之日

立秋之日雨潇潇，来往清风拂柳条。

耳畔荷池蛙鼓唱，空中暑气未全消。

伏暑天（新韵）

进入伏天炎暑盛，袭来热浪入门庭。

乌云片片空中过，树影层层迎面生。

举目天公施重彩，瞬间电闪是雷声。

龙王派送及时雨，大地禾苗长势兴。

◆ 张艳君

乡村素描

新春梨挂雪，三夏麦披金。

秋到田涂色，冬来地躺银。

一年皆彩绘，四季有精神。

谁个丹青手，乡村现代人。

春耕（新韵）

好雨知节落梦乡，柴扉晓启莳田忙。
犁描康舍千金线，马踏新村万谷仓。

党　旗

烈烈旌旗血染成，彤彤映日放光明。
镰刀铁斧砸魑魅，信誓忠心表赤诚。

脱贫攻坚

建档名单重点扶，挨家挨户把根除。
贫穷大帽终摘掉，美好蓝图就此书。

脱贫攻坚

解困扶贫胜利关，夙兴夜寐战穷顽。
小康路上无遗漏，任务成前誓不还。

西江月·中国共产党赞

　　封建毒瘤惑众，列强纸虎横行。星星之火启嘉兴，世纪红船仰敬。　　浴血抗倭完胜，同心驱蒋功成。振聋发聩告寰瀛，华夏睡狮已醒。

◆ 王新华

宜　居

郁郁道旁树，苍苍圃内香。
洋楼鳞次立，清净亦芬芳。

诗海家园

满盈青翠色，俯拾即成诗。

绿海秀姿涌，浮云碧蕊池。

盛夏社区

栖身社区静，郁郁亦葱葱。

绿树道旁绕，俯矜芳草丛。

◆ 袁学敏

观沧海，乘机有感（古风）

龙腾天阙，俯察沧海。

穿云裂雾，纵横九霄。

寰宇皆碧，何其渺远，

冰河大川，何其壮观。

峭峰独立，祥云自在。

时来绢纱，盈可绕肩。

十分气象，百态生辉。

千岩竞秀，万流奔腾。

幸甚至哉，长歌壮怀。

家在汶水上（古风）

使君何所来，家在汶水上。
故城中都邑，美名传四方。
山水连海岱，河运通京杭。
孔孟遗大道，释迦渡慈航。
齐鲁真福地，千古尽流芳。
上溯七千年，先人已拓荒。
蚩尤挽箭器，日月顿无光。
大禹治洪水，三过家门旁。
东夷有厥国，龟甲传殷商。
郕人留钟鼎，叔武建郕邦。
鲁君重社稷，九公埋此乡。
圣人宰中都，教化源流长。
又逢荣启期，三乐解迷茫。
孟轲之平陆，喟然感齐王。
先秦多灿烂，后世亦荣光。
太白东鲁行，获笑汶水上。
留诗垂千古，浩荡寄南方。
沙门禅林盛，庙宇兴隋唐。
真宗驻跸处，昭空成宝相。
佛塔千年秀，舍利秘瘗藏。
诸法因何起，显瑞放光芒。
小县虽不大，尚书美名扬。
点泉分汶水，能聚天下商。
爱国有英才，护国出良将。

同饮汶河水，家在汶水上。
使君何所去，诗酒和远方。
为我家乡美，不辞昼夜忙。
盛世建功业，高歌正铿锵。
强富美高梦，绘就新华章。
儒释之圣地，还归汶水上。

建党百年大典（古风）

盛装荣华天安门，大国峥嵘气象新。
猎猎旌旗百花艳，隆隆礼炮振人心。
少年风华许壮志，各界殷勤颂党恩。
细数百年奋斗史，全是精诚为人民。

送客行（古风）

孔孟故里汶水东，烟花时节送客行。
缘来汶上逢盛世，和合两岸谈大乘。
人文一脉传今古，枝叶同根共荣辱。
释迦拈花众生笑，宝相祈福享太平。
西登梁山风猎猎，北渡水泊思悠悠。
浒源赋诗华章在，中都论道留声名。
此去东海万顷波，帷幄运筹当可绝。
情牵海峡因君就，期许来年梦想成。

血染神州（古风）

一船载乘千古愁，劈波斩浪写春秋。
联合工农成一统，共举镰刀与斧头。
关山重重夫何惧，丹心耿耿壮志酬。
南昌城头枪声急，井冈翠竹蒋家愁。
湘江血战破敌胆，长征万里竟风流。
八年抗日驱鞑虏，大江横渡匪气收。
从来圣贤皆寂寞，而今身名万古留。
铮铮铁骨英雄泪，尽化热血染神州。

临江仙·梵净云舍

梵净云门三界客，论道江口证娑婆。瑶池恰如净水洗。青莲垂珠露，锦鳞斗碧波。　　层峦叠翠连天际，云遮雾绕接银河。此身竟似临江仙。愿醉画卷里，枕石吟梵歌。

念奴娇·贺省政协九届四次会议胜利召开

齐鲁名城，逢盛世，今朝群英荟萃。桃李争妍菊含笑，碧波溅玉似春归。人杰地灵，物华天宝，数我大强富美。览遍胜景，问宏图绘就是谁。　　披肝沥胆建言，针砭时弊，霜鬓终不悔。殚精竭虑献策，浮名富贵哪去追？荣辱与共，众志成城，丹心报社会。放眼长空，雄鹰展翅正飞。

水调歌头

大道通中都，碧水绕故城。恰如江南名胜，处处醉人景。池畔芳草萋萋，湖中锦鳞簇簇，竹影听涛声。白云抚古寺，悠然何从容。　　宏图展，民心就，天行健。千秋功业，儒释圣地今巨变。城乡居民同乐，老少妇孺咸宜，百姓乐蹁跹。提笔书盛世，共唱新诗篇。

调寄贺新郎·红船启航

巨轮启航矣。石库门，嘉兴南湖，红船扬帆。名作中国共产党，立志辟地开天。百年征程自兹始，救国初心坚如磐，星星之火势将燎原。斗天地，换人间。　　筚路蓝缕真壮阔。河山碎，军阀列强，虎视眈眈。神州万里尽涂炭，革命举步维艰。旗红全靠鲜血染，刀尖多是肉凝成，英雄豪气乾坤扭转。逆水急，行路难。

调寄满江红·定国安邦

遥想当年，赤县神州，群魔乱舞。斯民艰，遍野哀鸿，家悲国苦。三百年残局难解，千万里河山将破，抬望眼，有星火点点，剑指穹庐。　　旗帜红，刀枪亮，人心齐，正气足。可战矣，渐弱渐强渐如虎。安邦定国建大业，地覆天翻垂今古。俱往矣，看赤县神州，世界殊。

◆ 田　园

沁园春·汶上

春秋时期，子宰中都，流誉千年。太子灵踪塔，宝相寺内，金彩熠熠，佛光再现。路王吴郭，明四尚书，为帝为民曾执权。莫回首，看今日汶泉，莲池流连。古淡英姿今灿然，更旧景彩绘写人间。　有人杰地灵，奇迹不断。如今家乡，仙境一般。城乡业旺，百姓康安，山水伊人染笑颜。跟党走，万民齐向前，汶上领先。

◆ 孙思华

定风波·航拍莲花湖

梦里莲花似碧纱，红头毛笔画天涯。天眼倾情飞水上，心爽，一周已过忘还家。　习惯凌晨拍百景，纯净，腮边涂彩是朝霞。日落西山还不走，影友，打开支架摄银花。

南乡子·寻芳宝相寺

圣域蕴金光，灵照天涯佑四方。回望世间千古事，通常。坚毅彷徨左右量。　多少帝君王，墨客名流似水荒。历览法门藏宇宙，寻芳。更探学博饱肚肠。

◆ 王　旭

沁园春·庆祝中国共产党百年华诞

巍巍中华，大千世界，千载斜阳。日月更替处，人民幸福，家门康泰，华夏繁祥。红遍东方，原驰蜡象，蜿驻长城捆毓章。杀新寇，威震非欧亚，打虎驱狼。古来锦绣吾乡。　今日看、平添些断肠。历尽无数难，丝绸铺路，帮兄扶弟，拥护中央。出汗穿衣，加油撸袖，放手为民流馥芳。中国梦，复兴勤改革，造福隆昌。

◆ 胡焕亮

鹧鸪天·念党恩

农户情思稻谷牵，一腔愿景种田边。清风乘雁凌空过，巧借浮云喜讯传。　丰宴置，彩灯悬。欣逢党庆史无前。高歌美赞康庄路，国泰民安惠宇寰。

◆ 苗永莉

满江红·"七一"抒怀

船发南湖，风遒劲，惊涛崩雪。云旃举，暗礁飞渡，岂畏波谲。星火燃红天际白，英雄甘洒苌弘血。终迎来，九域换乾坤，齐欢悦。　扫贫困，情尤切。除瘴疠，心如铁。看征途跃马，敢为人杰。汶上更添山水丽，初衷不改骏业兴。笑舒眸，春色正葱茏，朝霞澈。

◆ 王纪强

浣溪沙·汶上乡村忆事

老屋石磨旧院门，小桥流水俗音醇。一杯老酒可消魂。　茄子黄瓜开口乐，丝瓜萝索上墙裙。梦中依旧笑言频。

鹧鸪天·汶上乡村手擀面

最忆童年明月光，天然细腻面条汤。新粮磨粉如飘雪，原汁鲜香可灌肠。　　庄户味，岁年尝。绵筋柔滑万千长。大锅烧火真情煮，一片相思寄故乡。

鹧鸪天·汶上风情吟

蟹雨虾风骇浪前，神工鬼府一城圆。人家镶嵌潮烟中，万里涛声到枕边。　　晨似画，暮如眠。无垠浩瀚碧蓝田。牧渔耕海神奇地，一曲渔光韵万年。

鹧鸪天·杏花烟雨颂汶上

燕瘦环肥百卉繁，人镶景中雨如帘。千年唐韵尽情洒，万载诗经格外甜。　　风似雪，雨如磐。惯看杏树耀江南。万般皆是春光好，当下生活比蜜甜。

鹧鸪天·汶上水

细雨如丝润海滨，江南入画四时新。心无二事话千古，酒有三分力万钧。　　青袅袅，绿粼粼。青山不老自由人。春风四月双飞燕，点水蜻蜓鼓点频。

鹧鸪天·汶上农家粥

如粥人生仔细熬，米皮营养有奇招。良言苦口能医病，百炼千锤看路遥。　　乡土味，岁年燎。秋冬春夏饮如潮。常言民以粮为大，细水长流慰寂寥。

鹧鸪天·忆往昔

难忘童年豆瓣香,既当饭菜又当粮。花椒芽叶水般嫩,椿叶槐花饼褶香。　　春烂漫,雾茫茫。农家日子水流长,山高水长钟灵秀,一缕甘泉做碧浆。

鹧鸪天·感怀

春色无边又一年,惯看山涧水潺潺。通幽曲径松梅竹,溪水缠绵日月环。　　云淡淡,水潺潺。低调做事不为难,夕阳西下无穷美,体健身康享华年。

鹧鸪天·记忆

幼稚年龄溢奶香,搜肠刮肚在家乡。经书山海寻风趣,社队场园听戏腔。　　唱小曲,拉呱忙。南瓜能当半年粮,乡情纯朴人难忘,字正腔圆音绕梁。

鹧鸪天·苦菜花

平淡无奇野草花,漫山遍野壑沟洼。不为名利身心累,甘当平常一味茶。　　能入药,涩如茶。清蒸酱拌众人夸,苦甘入味人尝遍,坦荡无私一野丫。

◆ 房广和

如梦令·一梦春深正好

一梦春深正好,沟壑葳蕤芳草。说与煦风知,心上落红休扫。莫恼,莫恼,一片夕阳静好。

天净沙·乐在汶上农家

茅屋瓜架枇杷，小桥流水槐花，夕阳如画，素描今日农家。

沁园春·贺十九大召开

十月金秋，人大会堂，斧镰高悬，十九大召开。举国欢庆，长江奔腾，黄河欢笑，泰山昂首，昆仑挺胸，众心同筑中国梦。看全球，南北西灰暗，东方正红。　时代发展真快克，世界格局正洗牌。老美势颓，雄狮猛醒。神舟经天，北斗纬地，嫦娥奔月，天宫对接，不忘初心践使命强军国，领一路一带，四海升平。

沁园春·贺党百年华诞

百年之前，火红七月，神州雷响，诞生共产党。星星之火，燎原全国。北洋崩塌，日寇剿灭，蒋邦败逃，三座大山被推倒。旭日升，看江山红遍，地覆天翻。　年轻中国新立，率雄师赴朝殴美帝，让头号强国，无奈头低。两弹一星，实验成功。改革开放，致富中国，全党同筑中国梦，霸权坠，领一路一带，阔步世界。

沁园春·南海阅兵

风烟滚滚，白浪滔天，战机轰鸣。望祖国南疆，军旗猎猎，国歌高奏，铁流澎湃，机破长空，海上波涛涌战舰，军威振，南海正阅兵，环球雷惊。　辉煌华夏五千年，自三皇五帝夏商周，古文有先师，武有始皇。汉武大帝，开土拓疆。贞观之治，万邦景仰。雄师入朝抗美帝，战之胜。今谁敢来犯，俱填大海。

◆ 李吉芳

汶上赋

汶上乃春秋之中都，汉之平陆，至金泰和，取汶水在上之意而命之。

族继炎黄伏羲，历百代沧桑而不息。今逢新时代，开启新征程，双城同创，改地换天，故予作文以记之。

北辛猿人，乃我先民。细石渊源，贾柏遗址。农耕拓展，地域大兮。

东沐儒泽圣霖之曲阜，西接群雄聚义之梁山，南傍碧波荡漾之微山，北枕巍峨雄壮之泰山，山水相映，衢途通达。

融齐鲁之文化，得燕赵之精华，仁浸乡风，爱润民情，崇文尚武，商工咸兮。

纳孔孟之儒风，汲运河之膏泽；聚物华之精灵，孕天宝之英华。

兵祖蚩尤，序列炎黄，开漠洪荒，万古流芳，长眠于兹，冢隐南旺；夫子初化，表率八方，笃行礼乐，民风谐畅，万邦风从，四面效仿。

名士足迹，史册徜徉，太史涉汶，夫政实访；六师之帅，汉代衡芳；诗坛巨匠，李白墨香；高适小憩，杜甫戎疆，穆继韩柳，曹氏华章；西晋马隆，三千功兵，驰骋疆场；后梁王彦，一杆铁枪，勇猛顽强。

十年为官，赵文炯两袖清风；同出一朝，小县不大四尚书；遥领人文纪盛，增辉历史篇章！

顾往昔之盛况，展当今之辉煌。大学习、大调研、大改进，动能转换新理念，文明卫生共创建。夏日艳阳，芳草未歇，创城之始，众志炽热。庙堂勤思利民之策，市井笃行利人之举，万千中都儿女，谋献以殚精竭虑，躬行以自强不息，传承卫生习惯，筑牢文明家园。

倾心创建，盛举为民。同频共振，合拍共鸣，有序推进，蔚然成形；着力环境，嘉惠千秋，多点开花，亮点纷呈，点上出彩，在线结果，面上开花，营造洁净美，整治脏乱差。

茂林修竹，鸟语花香，奇花异卉，万景叠嶂；肃肃花絮晚，菲菲红素轻，城当画里看，水作琴中听。

同心同德，同创魅力双城，群策群力，群建卫生文明。改造脏街陋巷，治理生态环保，满目繁华，处处添绿增新景；聆听八方，娓娓道来尽和声；同心共筑中国梦，携手共建文明城。

穷乡变换仙苑画舫，僻壤正舞彩练霓裳。甫未入城，二环路，迎客道，芳草茵茵，绿树红花环绕，如入桃源之径。

渐至四角文化广场，更感心胸开旷，东南中都概况，讲述古来今往，东北莲花绽放，佛法万人敬仰，西南运河文化，三七水分京杭，西北尚书碑列，历史人物莫忘，四周沟渠相通，水势盈动，微波荡漾，市民纷至，漫步纳凉。

及至中都文苑广场，北立九五至尊圣人铜像，拱手含须，礼待四方，小桥流水，绿树成荫。

拾级而下，引汶济运，浮雕林立，白英点泉，宋公治河；富庶江南，千船帆影；大河漕运，通州粮仓；南北融汇，重现辉煌。

晨光熹微，初日照林。深树鸟鸣啾啾，远山人声朗朗。绿茵如毯，白衣老者，晨练太极，气定神闲，飘飘欲仙；公园空地，红妆团队，荷叶迎风，律动摇摆，舞姿翩翩，乐曲声中常忘老，人夸神气比芳年；健步疾走，红旗招展，步调一致，口号震天；结驷连骑，晴云欢歌，天人合一，万物和谐。

夜幕低垂，华灯初上，喷泉如柱，时而激昂高飞，气势磅礴，直射夜空，神龙摆尾，霓虹闪烁，流光溢彩；时而悠扬低涌，韵律起伏，婀娜多姿，出水芙蓉，温存典雅，朦胧神秘。人流如织，驻足仰叹，任万被珍珠，凌空飞起，散作水雾，玉露沾颊，晶芒湿身，清爽夏夜，尽享清凉。似云似烟似雾，水乳交融；星光月光灯光，交相辉映。

移步礼佛大道，松倚奇石，双象迎宾；浮雕佛璧，沉影清池；曲桥流转，塘静鲤动，动静相宜。

菩萨广场南池水中，置水晶须弥两瓶，凭台而望，绿水微润，杨柳拂风，水晶沁脾，洗心清净。甘露观音，面容慈祥，眉清目秀，法相庄严，神情娴雅，仪态万方。游人经此沐浴甘露，顿觉醍醐灌顶，赋于智慧，驱除烦恼。

跨进牌坊，梵音袅袅，古塔巍巍，草木葱郁，寺院庄严，古朴自然，飞檐斗拱，错落有致，晨钟暮鼓，顿有感悟，天开圣境，蔚然起敬。

经佛八宝，默默注视，静静祈祷，心结宁静，福报绵绵。紫气东来香水海，云雾缭绕，香烟氤氲；佛门前植婆罗树，枝枝相对，叶叶相映。绿草如茵，繁花似锦，香气四溢，清幽宜人，草木皆菩提，流水有禅机，方寸之间皆见佛性。

大雄宝殿，佛陀拈花，迦叶微笑，纯净无染，无欲无嗔，坦然自得，乐观自信，无拘无束，不着形迹，不可动摇，与世长存，普照一切，真如妙心，含藏万法。

大宝相寺内，金塔凌空，满目光华，沐千年日月；佛牙圣物，通身智慧，耀万道灵光。善男信女比肩接踵迎佛祖，白发垂髫敬乘法雨拜真身。中国佛都，声名远播，万方来朝，人迹盛矣！

盛年再添盛景，于城北莲花一湖。

风景优美，恍若画卷，置身其中，如临仙境。中都水库，碧波荡漾；亲水岸线，错落有致；雕塑设计，造型各异；湖畔绿地，诗情画意；垂钓岸台，碧水灵动；杨柳倒映，鱼虾嬉戏。朝阳初升，白露垂草绿润地；落日余晖，青鸟振翅红染霞。全省内陆名湿地，佛都盛景新外滩。

噫吁乎！美哉！双城同创，美景再现，儒释圣地，花园水城。泉河绕城如凝固之诗，园林萦县似彩绘之画；大水浸城之韵，大慈含佛之魂；如梦如幻如天堂，宜居宜游宜康寿。

中都巨变起稳步，强富美高小康路！

注：在"文润中都诗词创作征稿"中获一等奖。

中都乡路游记

庚子暮春，携文坛众侣同游。驱车乡村路，共赏小康图。看当今：四好乡村路，三年正收官，畅安舒美，通达四方；忆往昔：踏坎坷，涉泥沼，古道崎岖，筚路蓝缕。抚古惜今，中都圣地，以路为鉴，面貌巨变，千载沧桑，百年圆梦，感怀许多，遂作文以记之。

欲观夫乡路大观，承蒙交运之邀。春日拂晓，众人齐聚，登车临风，入南一环，经东二环，至北二环，一路坦途，芳华无边，至中都水库，春水微澜，柳烟浩渺，粼光悦心，意兴盎然。水回路转，忽现花田一片，沃野千里，漫埂绿黄，金黄灿灿染三春，映日摇风自散馨。其中一路横亘，游人络绎，车流如织。田主人曰：深巷黄萼无人识，一朝通路天下知。宜游亦油民生计，农夫不枉做花痴。游兴未尽，车至崮山梅园，乡野之人，竟借桃生梅，营建古朴高雅之趣，虽花期已逝，青梅尚小，然曾求温饱之耕者，今以养树赏花为生，不可同日而语也。文友中有当地长者曰：此处向来泥泞，经年植树，因折而除泥，均未果，今天地之别，概莫筑路之功也。路阔车疾，无意已入泰东农场，巨石堆砌，水流其间，垂柳依依，花果盈园。郭楼古邺，旧貌新颜，生态旅游，宏图大展。终至小村高庄，甘薯基地，苗种数以亿计，存贮囊括鲁豫，敢称冠绝全国，华夏第一，盖因距高速数里之利也。

喜看今朝，一路惊叹，道道通衢，纵横城乡，畅达四面八方；条条玉带，贯通周边，环绕千村万巷。村庄旧貌换新裳，一路欢歌喜洋洋。树雀惯听车笛之响，鸿雁疑瞰川流之样。晨去午归，自如来往。上山下乡，可览沿途风光；进城赴市，不受颠簸动荡。时鲜佳果，满载飙轮；翠羽羔羊，充盈车厢。村村通路，乡镇村居齐奔小康；岁岁惠农，千家万户共庆丰仓。路网联结，建立基地种养；交通便捷，工农园区成长；发展特色，脉动各地客商，基建带动，新村建设变样，乡路彰显，中都大地辉煌！

吾等文人，常居斗室，目昏耳聩，纠结故纸，终难忘以往乡村道路难行。走亲访友，肩挑背磨，脚踏坎坷羊肠；贩菜运粮，货摇车晃，远涉偏僻村巷。春愁残雪，妇孺心慌。夏日炎炎，风尘卷扬；秋雨霖霖，泥泞凝霜；冬寒刺骨，冰雪阻挡。偏村僻寨，坡陡路险，商贾望而却步；土特产品，销路不畅，寂寞深锁闺门。信息闭塞，见识不广，经济落后，百业不昌。

噫吁嚱！道之所源者，未可考也，盖随先人行而生。路车乘黄，屈原修远；子美冻骨，太白蜀难；贺铸横塘，龟蒙门前；六一还家，曹邺入关；古人于路，皆为之难！改朝换代，帝王更迭，往事几千年，土路未曾变，新中国区区七十余载，路之大变，何也？执政之心异也，古之帝王，未尝不求江山永固，传世子孙后代不朽，一家之私也，国帑饷银，大兴土木，筑长城，凿运河，修宫殿，建楼阁，无所不用其极，然无暇顾及百姓之出行也；今之政党，执政为民，立党为公，盛世共享，国府投资，修桥补路，普惠于众，终其帜者，民生福祉也！

君不见，近者全县上下，万众一心，出政策，谋发展，风生水起号子响；交通部门，勇挑重担，早规划，筹资金，争引项目建设忙；十六乡镇，齐心协力，紧部署，早安排，多措并举干劲强。一时间，各寨各乡，红旗飘飘，锹镢狂舞，千军奋进若战场；村头巷尾，机声隆隆，换填夯筑，声势直冲云霄上。干部群众，视筑路为己任，风餐露宿，夯平岁月沧桑；技术人员，以建设为使命，攻坚克难，筑就精品质量。冬寒备料，酷暑铺筑，汗影满目修平崎岖之路；春来动工，秋去通行，干群齐心架通往来之桥。苦干三载，建成千里乡路；众志成城，筑就万民梦想。

君不见，高者庙堂一心为民，德政通途，可缩千里为咫尺；民心大道，方联万户成一家。一土一石，只为百姓所想，一砂一砾，成就全民小康。汽笛声声，谱成和谐之曲；车轮滚滚，绘就奋发之章；不忘初心，追梦华夏富强；牢记使命，实现复兴梦想！

◆ 陈克群

清明祭祖（古风）

父母梦劝戒烟酒，陋习成癖不肯丢。
逢场友人多劝进，过瘾君子赌春秋。

中都赋

　　中都奇地，本天降落。毗连泰山，曲阜可测。南贯微山，兀梁山泊。北见云尾，龙常出没。华夏之中，宝相擎天。文化昌盛，孔子化若。荣子三乐，学者不少。钱乙儿科，传颂不绝。四尚书此，穆参军此。邻居施罗，水浒三国。黄金宝塔，峻极九霄。天宫天河，此处居多。昙峰神秀，忠聚祯祥；彩山巍峨，梵音庆歌。气象万千，真宗慨叹；莲花湖美，香蕊万车。汶河上游，琼玉滔滔；清流急湍，豚蛟弄波。妙哉！龙翔凤旋，龙脉直贯东海，坤艮走向，汶河泉河系多；惠风和畅，凤鸾中都摆仪，香馨四溢，水城田田荷叶。物华天宝，境山多产金银；人杰地灵，中都文苑溢墨。仰观庙堂，北京韶光光华国，天安直关人心窝；俯视城内，文庙翘楚大成殿，中华圣人倡道德。欲舞文者，请来做做汶上人；愿弄墨者，中都崇义忠孝多。闲坐谈玄，真武大帝出此处；编叙传奇，秃尾龙王草桥落。福矣！中都大地，温情怡性，面对诗酒，掉尔杯中有明月。汶上尚儒，以国为家，以民为命，民富国强为大策。瑞矣！中都人情，以仁为本，尚儒沃德，幼待长者为娘爹。来汶做客，金光罩顶，吉祥满怀，忘记老病学稚乐。身置中都观天下，因果至理为至朴；尔来汶上学做人，必要虔诚拔大节。应当知：水唯善下方成海，过于争高会大跌。敦伦尽分才是人，闲邪存诚为大格。应当知，大智不贪又不嗔，大慧不痴奉献乐。大儒高处自齐天，大德必受天命多。尔若高雅，中都勉修。明德守正，内省自觉。尔若欲福，忠以尽己。克除微惑，除私避色。嗟乎！中都不大，礼乐陪嫁。汶上不大，文化不下。铁树开花，显现这里。尚书为楷，佛牙光化。天降金童，是为佛子。菩萨护国，中华光大。

注：在"文润中都诗词创作征稿"中获二等奖。

第三辑　现代诗作品

◆ 宋春燕

行走在古运河上

运河畔杨柳风白絮轻舞飞扬，
昔日古刹佛号与钟鼓相绕梁。
湖光山水穿越千古不变云月，
怀古念今行走在沧桑运河上。

蚩尤怒号激越远古文明辉煌，
恍惚见圣旗高竖在古阚城上。
争强好胜抑恶扬善民风古朴，
澎湃血脉中兵祖魂灵在流淌。

且行且思忆先辈犹见运河浪，
古运分流惠民生胜过大禹王。
汶水滔滔东来秉承祥瑞紫气，
不可湮灭涛声耳畔浩浩荡荡。

望湖楼上吴尚书诗文赞山水，

古庙里帝王将相和诗颇思量。
孔子讲诗宣礼与民泽被阡陌，
鲁九公归眠地聚天地大吉祥。

帝王将相几度巡驻足留诗唱，
七分天子三分江南千古流芳。
新农村新时代旧貌改换新颜，
鳞次栉比楼房迎来新农气象。

初心不忘扎根农乡挽袖加油，
灯塔导航安贫乐道开发家乡。
静思行走勃发奔跑康庄正道，
日月星辰照亮我美丽大汶上。

◆ 赵洪顺

游中都文苑广场所歌

那些风筝在蔚蓝的天空中飞翔

那些人儿在初冒绿芽的草坪上奔跑

那五彩缤纷的音乐喷泉

划破寂静夜空

带给人们心灵的震撼

赶走一天的忙碌

放松每一寸神经

瑰丽梦幻的霓虹灯

闪烁出一个奇特的意境

熙熙攘攘的人群

歌声，笑声，戏曲声

在空中交织激荡

一组组广场舞团

把宽敞的大广场

舞成欢乐的海洋

这里有文化广场，有桥水连廊

更有慰藉人心的温暖

它是老人幸福的集合地

是儿童乐趣的源泉

是青年休闲的港湾

一尊孔子雕塑，高高耸立

面向南湖，静静地遥望

圣人之志，述千年

而今即在中都文苑

赞莲花湖湿地

您是镶嵌在中都大地的明珠

您是涵养生态的典范

您是修身养性的人间仙境

您有着天人合一的情怀

您有着诗意栖居的意蕴

您有着如诗如画的胜景

繁碧似锦花似海

碧水清清草如茵

慢道蜿蜒如白练

飞鸟野禽忙栖息

中都水库

水势浩淼

河湖相贯

滋养着

这片多彩的湿地

美轮美奂的景色

吸引着八方游客

陶醉其中

人文景观与自然景观

交相辉映

河流纵横

植物繁茂

园内合理布局着

中都民俗馆

李白文化墙

二十四节气广场等

更有

儿童娱乐的场所

老年散步的清幽

青年踏青的奔放

青山常在

绿水长流

永远赞美您

休闲的知己

致太子灵踪塔

是什么

让您屹立千年

默默承受着

岁月风雨的洗礼

是什么

让您纵贯古今

孜孜书写着

一个又一个神奇

是什么

让您广聚福缘

殷殷守护着

这片丰稔的土地

是什么

让您传承经典

历历赓续着

释迦不朽的文明

您

注视着千年的沧桑巨变

把握着千年的历史脉搏

携带着千年的日月轮转

迎面向我撞来

叩开我的心扉

涤荡我的心灵

我虔诚地凝视着

您

神圣庄严、写满历史的容颜

您

依然坦荡如砥、无私无畏

眺望着远方